BEN COSTA & JAMES PARKS

A ESCOLA DE AVENTUREIROS

O LABIRINTO DE COGUMELOS

MILK SHAKESPEARE

COPYRIGHT © 2022 BY BEN COSTA AND JAMES PARKS
FIRST PUBLISHED BY ALADDIN - AN IMPRINT OF SIMON & SCHUSTER
CHILDREN'S PUBLISHING DIVISION
COPYRIGHT © FARO EDITORIAL, 2023

Todos os direitos reservados.
Nenhuma parte deste livro pode ser reproduzida sob quaisquer meios existentes sem autorização por escrito do editor.

Milkshakespeare é um selo da Faro Editorial.

Diretor editorial **PEDRO ALMEIDA**
Coordenação editorial **CARLA SACRATO**
Assistente editorial **LETÍCIA CANEVER**
Preparação **TUCA FARIA**
Revisão **BÁRBARA PARENTE**
Adaptação de capa e diagramação **REBECCA BARBOZA**
Capa e design interior **DAN POTASH E MIKE ROSAMILIA**

Dados Internacionais de Catalogação na Publicação (CIP)
Jéssica de Oliveira Molinari CRB-8/9852

Costa, Ben
  A escola de aventureiros : o labirinto de cogumelos / Ben Costa, James Parks ; tradução de Adriana Krainski.-- São Paulo : Faro Editorial, 2023.
256 p. : il.

  ISBN 978-65-5957-280-9
  Título original: Dungeoneer Adventures 1: Lost in the Mushroom Maze

  1. Literatura infantojuvenil norte-americana I. Título II. Parks, James III. Krainski, Adriana

23-0627   CDD 025.8

Índices para catálogo sistemático:
1. Literatura infantojuvenil norte-americana

FARO EDITORIAL

1ª edição brasileira: 2023
Direitos de edição em língua portuguesa, para o Brasil, adquiridos por **FARO EDITORIAL**.

Avenida Andrômeda, 885 — Sala 310
Alphaville — Barueri — SP — Brasil
CEP: 06473-000
www.faroeditorial.com.br

INTRODUÇÃO

EU ME CHAMO COOP COOPERSON, E SOU O ÚNICO ser humano na Escola de Aventureiros. Você pode estar se perguntando: "O que é a Escola de Aventureiros?". É uma escola que ensina crianças a se tornarem aventureiros nas Terras de Eem, um lugar povoado de criaturas e monstros de diferentes espécies, cheio de labirintos, confusões e quem sabe até um pouco de magia. Maneiro, né?

Todas as turmas na Escola de Aventureiros são divididas em quatro equipes, e cada uma tem uma cor: vermelho, azul, amarelo e verde. Eu sou do Time Verde!

Junto com os meus amigos, eu embarco em aventuras incríveis pra descobrir ruínas esquecidas e encontrar tesouros perdidos... sempre topando pelo caminho com criaturas estranhas e figuras bizarras (umas legais, outras nem tanto).

O livro que você está lendo agora é o meu diário de aventuras. E o meu melhor amigo, o Oggie, é quem faz todos os desenhos. Então, se você quer curtir um passeio alucinante por um mundo mágico, aperte os cintos! Porque na Escola de Aventureiros, a aventura é a nossa matéria preferida.

CAPÍTULO 1

JÁ ERA. ACABOU PRA MIM. EU SEI, EU SEI. A história mal começou, mas eu estou FRITO. Na verdade, nós todos estamos.

Quer uma prova?

Dá só uma olhada na criatura grotesca que está atrás de mim e dos meus amigos.

Aquela coisa é um ramagoro.

Muito, muito mal-humorado. E está vendo aqueles chifres? Acredite, é melhor não chegar nem perto da ponta daqueles chifres.

E esse aí na frente, bem no meio, sou eu. Coop Cooperson. Sim, meu nome é esse mesmo. E se ainda não se ligou, você tá lendo um livro sobre as minhas aventuras. Eu escrevo um diário contando tudo o que acontece comigo. Principalmente porque sou o primeiro garoto humano a estudar na Escola de Aventureiros.

O meu melhor amigo, o Oggie, é quem ilustra as nossas aventuras. Ele é o carinha à minha esquerda. O bicho-papão bem alto, correndo ofegante e de olhos esbugalhados. O Oggie é o melhor artista de toda a escola.

Ao lado do Oggie está a Mindy. Ela é uma diabreta. E, neste momento, a Mindy está fazendo um esforço tremendo pra conseguir nos acompanhar, por causa da mochila gigante que ela carrega nas costas. Parece uma âncora que a puxa pra baixo. Quem é que usa uma mochila tão grande, cheia de tralhas sem sentido? Só podia ser a Mindy. Ela diz que é porque um Aventureiro precisa estar preparado pra tudo. E é verdade. Mas uma coisa que vááárias oportunidades me ensinaram no pouco tempo em que estou aqui na escola é que também é preciso estar preparado para correr como se a vida dependesse disso.

Por sorte, a Daz está junto pra dar uma mãozinha pra Mindy quando precisamos saltar no paredão de rocha pegajosa à nossa frente. A Daz é uma besta-fera, e eu diria que é a criatura mais fantástica da nossa equipe. Ela é inteligente, rápida, cheia de talentos... e, bom, até que bonitinha.

Não, calma lá! Eu não posso ficar pensando em garotas bonitinhas em um momento como este! Concentre-se, Coop! O seu futuro na Escola de Aventureiros depende disso. O futuro de todos nós depende disso!

Eu subo pela superfície escorregadia do paredão, mas escorrego e quase me estatelo no solo. Mas consigo firmar a minha mão na parede, e assim que chego ao topo e vejo que estou fora de perigo, o ramagoro bate os seus superchifres na parede com toda a força, fazendo um barulhão!

Ufa! Essa foi por pouco. Mas não dá tempo de descansar. Seguimos correndo a toda velocidade e entramos no próximo corredor. De repente, um gás verde e fedorento começa a entrar por uma abertura no paredão de pedra. Eita! Uma armadilha de gás! E o cheiro... é como se um ogro que acabou de comer um sanduíche de restos de geladeira tivesse arrotado na minha cara. Precisamos seguir em frente.

— Esperem! — a Mindy grita.

CLICK!

Sem querer, eu piso em uma placa de pressão! Uma coisa afiada e pontuda passa voando rente à minha cabeça!

CLICK! UIZZZ! UUUUSH!

Nós avançamos sem parar, sem olhar onde estamos pisando! Labaredas surgem no chão e no teto! Nós passamos entre elas, sentindo o calor do fogo que chega a queimar as minhas narinas.

De repente, uma lâmina oscilante surge no escuro, lá do alto, e vem descendo na nossa direção.

— Abaixem-se! — o Oggie grita.

Nós nos jogamos no chão e conseguimos sair do caminho da lâmina cortante. Quer dizer, quase todo mundo. A Mindy não. Ela cai no chão, e o trambolho da mochila cai por cima da cabeça dela. Por muito pouco, o pêndulo não corta a Mindy ao meio.

— Mindy! — eu me desespero.

— Tá tudo bem! — ela diz, e a voz sai abafada de baixo da mochila.

UUUUSH!

Não esperem por mim!

O pêndulo balança pra frente e pra trás bem em cima da cabeça dela, como um balanço de pneu velho. Bom, pra ser mais exato, um balanço de pneu velho afiado e assassino.

— Fique abaixada! — eu respondo. Vai dar tudo certo se ela não se mexer. Mas precisamos continuar em frente. O tempo está passando.

Seguimos em frente, e de repente, o Oggie estica aquele braço enorme e peludo pra me segurar, evitando que eu caia em um fosso.

— Opa! Valeu, irmão! — eu digo.

— Beleza. — O Oggie respira fundo.

Eu odeio esta parte...

— Eu vou primeiro. — Dou um passo pra trás e pulo na primeira plataforma diante de nós.

A Daz pula logo depois; aí, eu pulo pra segunda plataforma; e o Oggie vem por último.

Acho que agora é hora de eu contar uma coisinha sobre o Oggie.

O Oggie é um cara forte pra caramba e, como eu já disse, é um artista muito talentoso. E, é claro, ele é o melhor amigo que alguém pode ter. Mas o Oggie... bom... é meio desastrado. Ele diz que ainda está em fase de crescimento, e às vezes aqueles pezões não conseguem acompanhar o ritmo do cérebro.

E é exatamente o que acontece quando ele pula da primeira pra segunda plataforma. Os pés do Oggie pousam de mau jeito e, perdendo o controle, o cara rodopia feito uma bailarina tonta.

BAM! O Oggie acaba batendo sem querer na Daz, que também perde o equilíbrio. Eu me viro, mas não há mais nada que eu possa fazer. Os dois caem dentro daquela água lamacenta, espirrando gosma pra todo lado.

Quando a cabeça da Daz surge pra fora da água, ela grita, zangada:

— Caramba, Oggie!

— Foi mal, Daz... — O Oggie está encharcado e, sem aquele volume todo dos pelos, parece ter uns cem quilos a menos.

— Fazer o que, né? — a Daz resmunga baixinho. Ela se vira na minha direção enquanto eu vou saltando até chegar ao outro lado do fosso.

E aí é comigo.

Mas quando acho que terei tempo pra tomar fôlego e me situar, ouço o som de uma pedra rangendo tão alto que chega a sacudir os meus ossos. Ao olhar pra trás, avisto um pedregulho gigante rolando de uma plataforma lá no alto. As minhas pernas parecem gelatina, mas se eu não me mexer agora, vou virar panqueca!

O pedregulho cai com tudo no chão, bem no lugar onde eu estava parado um segundo atrás, e a caverna treme inteirinha, como num terremoto. Sinto pedrinhas caindo em mim lá do teto, e não consigo conter um grito. Atravesso correndo aquele túnel escuro, com o pedregulho vindo rolando a poucos metros de distância.

E é aí que eu vejo uma coisa: uma pedra preciosa rosa e brilhante, em cima de um pedestal dourado, do outro lado do poço. Pelo que parece, vou precisar me balançar no cipó pendurado no teto pra chegar ao outro lado. Não tenho nem tempo pra pensar.

Porém, um pouquinho antes de saltar, faço a enorme besteira de olhar pra baixo. E ali, no escuro, vejo uma aranha gigante me encarando. Eu congelo. Os meus joelhos começam a tremer. Consigo ver as suas mandíbulas melequentas brilhando na escuridão. Já falei que odeio aranhas? Que, tipo assim, odeio *de verdade*?

Então é aqui que eu vou morrer. Sei que eu já disse uma vez que estava frito, mas acho que agora vou ter que parar por aqui, pessoal. Eu não deveria ter me matriculado na Escola de Aventureiros. A medalha de Aventureiro Mirim não vale isso tudo. Quer dizer, eu com certeza não esperava morrer logo no primeiro semestre. Talvez eu não sirva pra isso, afinal.

Pensando na proximidade da minha morte, ouço as vozes abafadas dos meus amigos ecoando pela caverna.

— Vamos, Coop! Você consegue! — eles me incentivam. — Você é a nossa última chance!

E, de repente, eu me recarrego com um pouquinho de esperança.

Foi o que bastou pra eu saltar e me livrar do pedregulho que queria me esmagar!

O único problema é que não consigo pegar velocidade pra saltar. Eu mal consigo me agarrar ao cipó pra salvar a minha vida. E sem impulso? Não tem como chegar ao outro lado!

— Vamos! — Eu me sacudo no cipó feito uma minhoca num anzol. Nunca vou conseguir pegar a pedra preciosa...

Cair em um poço escuro já é ruim, mas pior do que isso... eu estou prestes a virar comida de aranha. As quelíceras gigantes da aranha começam a soltar espuma à medida que ela se aproxima de mim. A minha mão suada escorrega, e eu deslizo pelo cipó.

CAPÍTULO 2

ENTÃO ALI ESTOU EU, balançando três metros acima da boca gosmenta de uma aranha monstruosa, quando de repente as luzes acendem. Não, não quero dizer que eu vi uma luz e tive uma ideia brilhante de como derrotar aquela besta de oito patas e dar um salto mortal pra atravessar o poço... Eu quero dizer luzes mesmo, literalmente. Tudo fica claro e o tempo acaba.

É o som inconfundível do apito do treinador Quag, seguido da sua voz rouca: "Certo, recrutas! O desafio simulado acabou! Tirem-no daí de cima!".

FUUUUINNN!

"Ao final do curso, vocês estarão prontos pra embarcar em uma **AVENTURA DE EXPLORAÇÃO DE VERDADE!**"

TREINADOR QUAG,
INSTRUTOR DE DESAFIOS

→ Corte militar
→ Bíceps malhados
→ Nada de malhar perna

O treinador Quag balança a cabeça, decepcionado, enquanto uma plataforma mecânica atravessa o poço até chegar debaixo dos meus pés. Eu solto o cipó e caio em cima dela, com as mãos doídas por terem ficado cerradas por tanto tempo.

Lá de baixo, a aranha gigante vem subindo pela parede do poço até chegar ao treinador Quag.

— Senhor Quelíceras — diz o treinador Quag à aranha —, obrigado por ter vindo. O senhor já pode voltar ao seu posto na biblioteca.

Tá bom, eu tenho que confessar uma coisa. Talvez a aranha gigante não quisesse me devorar. Mas a cara dela era assustadora! Tente atravessar um poço se balançando em um cipó, com uma aranha de três metros te encarando com uma cara malvada. Ah, e já que tocamos no assunto, segura esta: o bibliotecário da Escola de Aventureiros é uma *aranha tinteira gigante*. E o nome dele é senhor Quelíceras.

Sinto um arrepio na espinha quando o monstrengo aracnídeo gigante olha pra mim. Vejo o meu reflexo horrorizado quadruplicado nos olhos dele. Eu engulo em seco. Tenho *pavor* de aranhas.

O treinador Quag se vira pra mim de novo.

— Lamentável! Que lamentável! Já vi muitos desempenhos ruins no Desafio, mas isso foi... HORRÍVEL.

A esta altura, você deve estar pensando no que o treinador Quag quer dizer com "Desafio". O Desafio Simulado é a nossa versão de um teste surpresa. Trata-se, basicamente, de uma pista cheia de obstáculos que testa as nossas habilidades físicas e mentais ao extremo. O treinador Quag diz que são esses desafios que vão nos moldar na marra e nos transformar em verdadeiros aventureiros.

O que exatamente é um Aventureiro?, você pode perguntar. Bom, pra eu poder responder essa pergunta, você precisará conhecer um pouco sobre a história das Terras de Eem, onde vivemos. É um grande continente, cheio de monstros, labirintos, confusões e talvez até um pouco de magia, se você souber procurar!

Sendo assim, relaxe e deixe-me guiar você por esta jornada rumo ao passado. Tudo começou muito tempo atrás, muito mesmo, quando havia florestas encantadas, feiticeiros mágicos, dragões que cuspiam fogo e cidades inteiras feitas de ouro. Ah, e tinha muitos humanos por lá. Mas aí aconteceu algo muito terrível e tudo mudou.

A minha mãe chama o evento de Cataclismo, que eu acho que é só uma palavra chique que significa "BAITA DESASTRE". A professora Clementine nos contou que houve uma grande guerra e que as Terras de Eem foram amaldiçoadas. As cidades de ouro desmoronaram, as florestas encantadas desapareceram, e acho que os feiticeiros e dragões sumiram também. E os humanos? Bom, já não somos em grande número. Muito da história foi perdido, soterrado debaixo de milhares de anos de pó. Mas de vez em quando algo especial aparece, tipo um artefato ou um pedaço de um tesouro perdido. E é aí que entram os aventureiros.

Nós somos aventureiros profissionais (bom, eu ainda não sou profissional, é claro) que passam a vida tentando descobrir como o mundo era antes. Somos meio arqueólogos e meio exploradores, que embarcam em missões pra encontrar cidades perdidas, relíquias históricas e novas criaturas bizarras, pra juntar as peças dos mistérios de um mundo esquecido.

Até mesmo a Escola de Aventureiros fica localizada em um lugar chamado Subterra, que é exatamente o que o nome diz. Um mundo que fica debaixo dos nossos pés, onde cavernas e túneis se interligam como em um labirinto gigante. Um lugar em que cidades subterrâneas imensas esculpidas em pedra são verdadeiros caldeirões de todos os tipos de espécies de criaturas que vão levando a vida. É súper da hora.

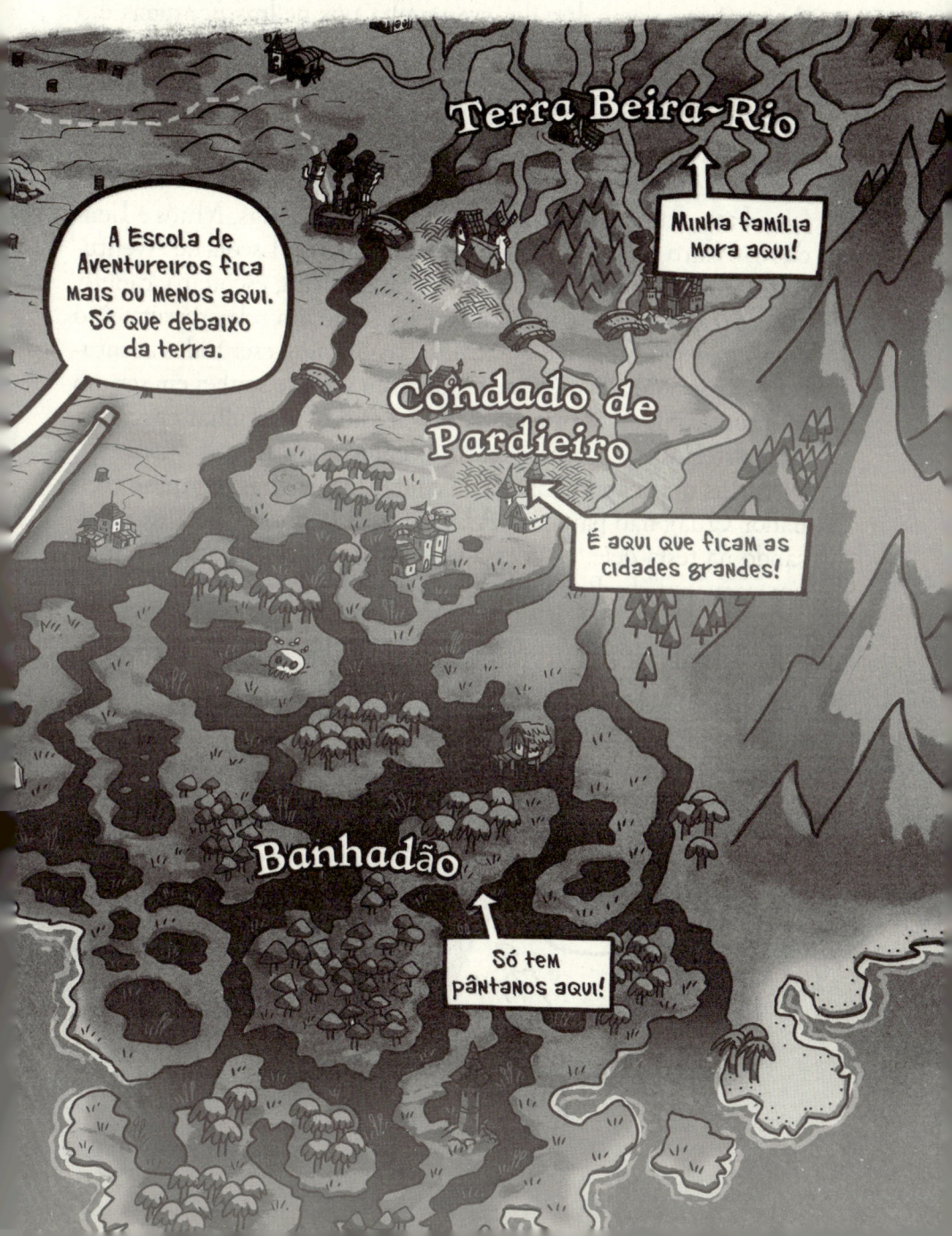

Terra Beira-Rio

> A Escola de Aventureiros fica mais ou menos aqui. Só que debaixo da terra.

> Minha família mora aqui!

Condado de Pardieiro

> É aqui que ficam as cidades grandes!

Banhadão

> Só tem pântanos aqui!

Mas, pra ser sincero, tem sido um pouquinho difícil se adaptar à vida debaixo da terra sendo o único humano da escola. Eu estou acostumado ao ar fresco, à grama alta, ao barulho dos rios correndo, mas acho que se você trocar ar fresco por peido com cheiro de ovo embolorado, grama alta por pedras pontudas e o barulho dos rios correndo pelo ruído de poças de meleca borbulhando, é quase a mesma coisa. Além disso, se quiser ser um aventureiro, a Escola de Aventureiros é pra onde você deve ir.

Trata-se basicamente de uma escola de aventuras incrível, onde estudamos matérias como Cavernas e Labirintos, Táticas de Combate, Animais e Criaturas, Runas e Enigmas, Mitos e Lendas e, é claro, Espadas e Feitiços! Além disso, a Escola de Aventureiros é dividida em seis séries: recruta, mirim, escoteiro, cadete, aprendiz e aventureiro. O que eu sou? Sou um reles recruta. No entanto, depois de nos formarmos, passaremos a ser todos aventureiros especializados. Desde criança, eu sempre sonhei em ser um aventureiro. Descobrir civilizações perdidas, mergulhar em cavernas misteriosas, encontrar tesouros enterrados.

Mas tô viajando! Chega de contar historinhas, porque o treinador Quag não parece NADA feliz. Dá pra ver pela veia pulsando na testa dele. Já vi essa veia tantas vezes que acabei dando um nome pra ela. Pessoal, conheçam a Moe, a veia pulsante.

— Isso foi horrível! O pior Desafio Simulado dos últimos anos. Aceite, Cooperson, você é um moleque.

— Um moleque? (Acho que ele pegou meio pesado, né?)

O treinador Quag rosna feito uma mantícora.

— Você vacilou! Aventureiros de verdade não vacilam. O vacilo de um aventureiro pode ser o último erro que ele comete na vida. Afinal de contas, a sorte não sorri para os vacilões. A sorte sorri para os fortes!

— Foi mal, treinador. — A minha voz sai tão baixinho que mal consigo me ouvir.

— "Foi mal" não resolve, recruta. Que droga, você perdeu a oportunidade perfeita de dar um salto histórico pra atravessar o poço! E o que você fez?

A essa altura, o resto da turma já estava amontoado dentro da sala. A galera de sempre. Time Azul, Time Amarelo, Time Vermelho, todos usando um lenço no pescoço da cor dos seus grupos. AFFF. Time Vermelho. Aqueles babacas.

Zeek e Axel do Time Vermelho

— Ahm... eu travei? — respondo ao treinador Quag, com a voz entalada na garganta.

— Isso mesmo, você travou! — ele vocifera. — E pra piorar...

Ai, ai... O treinador tá bravo pra valer agora. A cada murro que o treinador Quag dá na sua prancheta, acho que a Moe vai explodir de vez. Mas ele se acalma e solta um suspiro alto, e a Moe some de vista por um tempo.

— Pra piorar, você deixou os seus parceiros pra trás! — O treinador faz uma careta e aponta pro Oggie, pra Mindy e pra Daz, que estão acabados. — Não que eles tenham se saído muito melhor...

— Você violou dois princípios do Código do Aventureiro de uma só vez, Cooperson! Você por acaso *se lembra* do Código do Aventureiro?

Se eu me lembro? É claro que lembro! O Código do Aventureiro é a nossa maior referência sobre o que significa ser um aventureiro. É ele que estabelece o que podemos e o que não podemos fazer durante as nossas aventuras e que explica o que é o espírito de um aventureiro. Há dez princípios no Código. Os primeiros três princípios são o que nós chamamos de Grande Tríade. Eles são os nossos objetivos quando saímos pra explorar.

Os outros sete princípios ajudam a nos guiar quando as coisas ficam meio cabeludas.

~ O CÓDIGO DO AVENTUREIRO ~

1. Descobrir novas formas de vida e civilizações perdidas.
2. Explorar lugares que não estão nos mapas.
3. Desenterrar e preservar a nossa história coletiva.
4. Esperar o inesperado.
5. Nunca se separar do grupo.
6. Sempre procurar armadilhas.
7. Todo problema tem uma solução.
8. Toda caverna tem uma porta secreta.
9. Cabeça fria sempre vence.
10. A sorte sorri para os fortes.

— Então, quais princípios você simplesmente ignorou? — O treinador se inclina na minha direção e seu rosto fica a poucos centímetros do meu.

Aquela veia... É como se a Moe estivesse tentando se comunicar comigo. Eu não consigo parar de olhar.

> E ENTÃO?!

> Ahm... "Nunca se separar do grupo" e "A sorte sorri para os fortes".

— Isso mesmo! Agora, olhem bem pra cá, recrutas. O que nós aprendemos hoje? — O treinador Quag cruza os braços e franze as sobrancelhas ao falar com os demais alunos.

Eles ficam todos olhando pra mim, como se eu fosse uma aberração. Eu sei, eu sei, sou o único humano na Escola de Aventureiros. Todos os outros são bichos-papões, goblins, bestas-feras, diabretes, druxos, xourins ou valquenes.

Besta-fera

Bicho-papão

Valquene

Diabrete

Goblin

Druxo

Xourim

E eu, o único humano por aqui...

Mas eu não sou uma aberração, sou?
Só me faltava esta: o Zeek ergue a mão.

O Zeek e o Axel são os valentões do Time Vermelho. O Zeek é o cabeça, e o Axel é o fortão. Os dois pegam no meu pé desde que entrei na Escola de Aventureiros, mas o Zeek é o mais pentelho.

O Zeek dá um passo pra frente, sorrindo com aquela boca cheia de dentes afiados.

— Vocês ouviram isso? Aranha! Que mané!

Todo mundo cai na gargalhada.

Ótimo. Maravilha. Agora *todos* sabem que tenho medo de aranhas. É o meu segundo pior pesadelo, depois de... você sabe, aranhas de verdade.

— Não dê bola pra esse idiota — o Oggie diz, colocando a sua mão peluda e enorme no meu ombro.

— Valeu, gigante. — Eu sempre posso contar com o apoio do Oggie.

OGGIE TWINKELBARK, HERÓI DO REINO

> Quem ousa desafiar o PODEROSO Oggram?!

> Esta é a fantasia do Oggie. Às vezes ele se empolga.

    Oggram Twinkelbark, mais conhecido pelo apelido de "Oggie", é o meu melhor amigo. Eu já falei isso, né? Enfim, ele vem de uma longa linhagem de bichos-papões guerreiros. Na verdade, o pai do Oggie é o CG (chefe guerreiro) da vila deles. São bichos-papões que vivem nas montanhas do Leste e passam o tempo livre lutando contra ettins e esmagando pedras com a testa.

Mas o Oggie não faz muito o tipo de bicho-papão que gosta de quebrar pedras com a testa ou lutar contra ettins. Ele pode até ser grandão e ter cara de malvado, mas é um coração de manteiga. Como eu disse, o Oggie é um artista. Quando ele não está desenhando neste diário de aventuras, sem dúvida está lendo a revista em quadrinhos *A Turma dos Aventureiros,* ou se entupindo de torresmo de orc. Às vezes fazendo as duas coisas ao mesmo tempo.

O VERDADEIRO OGGIE

— Além disso, até que pra uma aranha o senhor Quelíceras não é tão terrível — diz o Oggie, esforçando-se para me consolar. — Nem todas as aranhas tinteiras são perigosas, sabia?

— "Nem todas são perigosas" quer dizer que ALGUMAS são perigosas — eu afirmo.

O Oggie sorri.

— Você não tem jeito.

Naquele momento, o treinador Quag apita, mandando todo mundo ficar quieto.

— Agora ouçam, recrutas. Hoje foi só o Desafio Simulado. E essa é uma boa notícia, porque se fracassarem no Desafio FINAL, vocês não só NUNCA receberão a medalha de Aventureiros Mirins como também serão expulsos da escola.

A sala toda fica pasma.

Não pode ser verdade. Expulsos?

— Ser um aventureiro não é brincadeira de criança! Ser aventureiro é coisa séria. É assunto de vida ou morte! Escorregou em uma pedra? Morreu! Caiu em um poço cheio de espinhos? Morreu! Foi engolido por uma rugifera?

Arnie Popplemoose, um xourim com cara de esquilo do Time Azul, engole em seco e arrisca responder:

— Morreu?

— Errado! Vocês vão ficar vivos, cozinhando lentamente dentro da barriga dele por três dias! *Depois* vão morrer! Portanto, prestem bastante atenção! Se vocês não são capazes de passar sequer pelo Desafio Simulado, que é uma moleza, não têm a menor chance de ir a campo em uma missão de verdade. Seria irresponsabilidade minha permitir que vocês se arriscassem. Melhor mandá-los de volta pra casa, pra mamãe e o papai ou seja lá quem que cuide de vocês, entendido?

O treinador Quag olha com cara de bravo pra mim, pro Oggie, pra Mindy e pra Daz. Principalmente pra mim. Pelo menos é o que eu acho. Fui eu que decepcionei todo mundo.

— Estou de olho em vocês, Time Verde. — Então, ele apita e berra: — Certo, recrutas, vocês estão dispensados! Hora do almoço! Vão comer um pouco de proteína! E pratiquem exercício físico!

Enquanto quase todos os outros alunos se aglomeram pra sair da sala do Desafio Simulado, eu fico parado olhando pra teia de aranha gigante lá embaixo no poço. O senhor Quelíceras não está mais lá, mas eu continuo abalado.

— Parece que as aranhas são o menor dos seus problemas, não é, Coop? — O Zeek aperta os olhos e abre um sorriso arrogante cheio de dentes afiados. — Estou vendo uma expulsão no seu futuro. Como aconteceu com o Dorian Ryder.

— Quem é esse?

— Você não sabe? — o Zeek zomba. — O Dorian Ryder foi o primeiro humano na Escola de Aventureiros, e o PIOR aluno que a escola já viu.

Quer dizer, isso até você chegar e roubar o lugar dele!

ha ha!

Dorian Ryder? Outro *humano*? Eu não fazia ideia. Por que será que ninguém nunca me contou sobre ele?

Sei que não deveria dar bola pro Zeek, mas por algum motivo as palavras dele ficam na minha cabeça, grudentas como gosma de lesma. E se ele tiver razão? E se o meu lugar não for na Escola de Aventureiros?

— Cala a boca, Zeek.

Ao nos virarmos, eu e o Zeek nos deparamos com a Daz parada com a mão na cintura.

DAZ, JMV DO TIME VERDE

Cabelo maneiro

Orelhas fofinhas

Não se deixa amedrontar pelo Zeek

Zoelha de estimação chamada Docin[...]

Dazmina Delonia Dyn. Mas não a chame assim na frente dela. Diga apenas "Daz". Ela é simplesmente a pessoa mais descolada que eu conheço. Ela é uma aventureira nata. A JMV — jogadora mais valiosa — do Time Verde, sem dúvida. E, além de tudo, ela leva o maior jeito com animais. É o talento dela. A Daz tem um bichinho de estimação.

O único problema é que a Daz é meio na dela. E assim é um tanto difícil conhecê-la de verdade. E eu queria muito conhecê-la melhor, porque... sabe, né? Eu meio que gosto dela. Gosto, tipo, de gostar mesmo, entende? Você me entendeu. E como eu não gostaria? Meu Deus, eu não tô ficando vermelho, tô? Por favor, diga que não estou ficando vermelho! Pesadelo número três: a Daz descobre que eu gosto dela. Isso seria um vexame.

O Zeek se vira pro outro lado. Nem ele ousa mexer com a Daz. Caramba, ela fica cada vez mais maneira.

— Ah, que se dane. Até depois, babacas. Ei, Coop! Cuidado com as aranhas quando você for fazer naninha, tá? — O Zeek vai embora com o Axel, os dois rindo feito hienas.

Antes de eu conseguir agradecer, a Daz desaparece também.

— Ei, Coop! Aqui! — O Oggie acena pra mim. — Você vem ou não? Hoje é dia do cozido misterioso!

O meu estômago revira só de pensar.

— Eca! — resmungo. — Não sei como você consegue comer aquela gororoba. Aposto que o ingrediente secreto é meleca de ogro...

de Treinamento
O Coop Cooperson sobreviveu à aranha cabeluda faminta! Mas será que ele vai sobreviver ao COZIDO MISTERIOSO?
Essa BOMBA será revelada no próximo capítulo!
Ah, tá. Só se a bomba for no BANHEIRO...

CAPÍTULO

3

BLORF, O ORC COZINHEIRO

Moscas voando em volta dele

Sempre coberto de manchas de comida

Ronca em cima da comida

TCHOC!

DUAS CONCHADAS CHEIAS DE UMA MISTUREBA fumegante enchem o meu prato. O temido cozido misterioso. Mas o mistério de verdade é o seguinte: esse negócio é de comer? Parece mais uma coisa que a gente encontraria esmagada debaixo do pé de um troll do que algo que se colocaria na boca. Eu fico olhando pro Blorf, o cozinheiro, sem conseguir acreditar.

Se tem algo de que sinto falta, além da minha família, é da comida da minha mãe. Eu daria tudo pra comer um belo bife com purê de batatas, um milho cozido na espiga. Poxa, eu devoraria até o espinafre que a minha mãe me implorava pra comer.

E então, sem dizer nada, o Blorf despeja mais alguma coisa no meu prato. Uma coisa viva e se contorcendo. Eu deixo escapar um grito, mas o Oggie fica todo alegrinho.

— Você se superou hoje, Blorf — ele diz, empolgado.

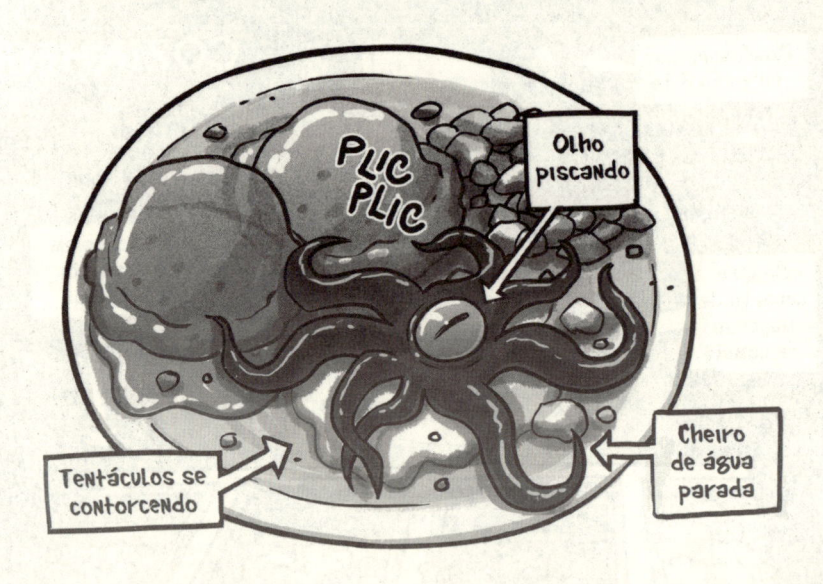

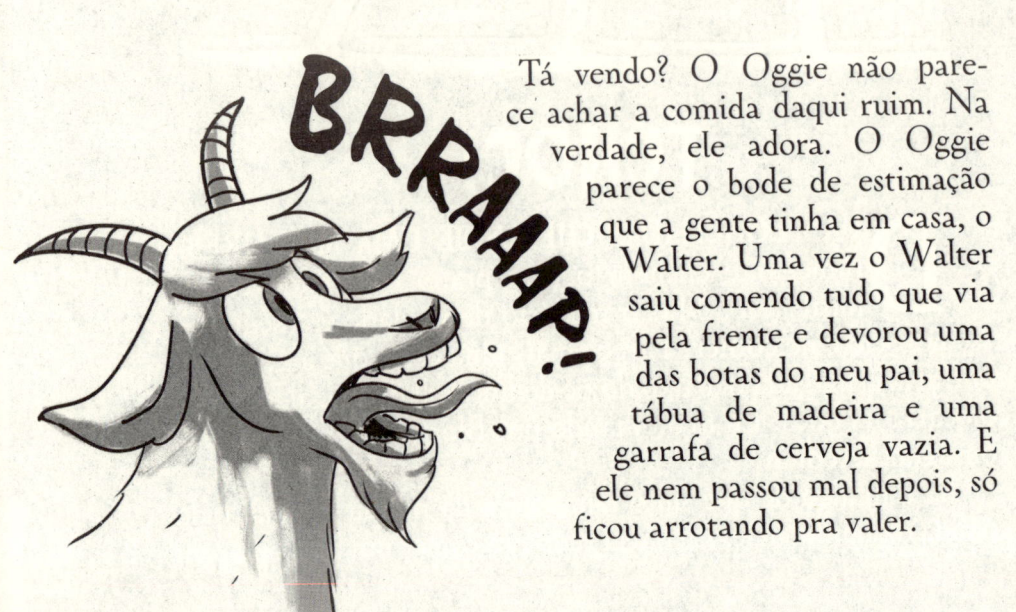

PLIC PLIC

Olho piscando

Tentáculos se contorcendo

Cheiro de água parada

Tá vendo? O Oggie não parece achar a comida daqui ruim. Na verdade, ele adora. O Oggie parece o bode de estimação que a gente tinha em casa, o Walter. Uma vez o Walter saiu comendo tudo que via pela frente e devorou uma das botas do meu pai, uma tábua de madeira e uma garrafa de cerveja vazia. E ele nem passou mal depois, só ficou arrotando pra valer.

BRRAAAP!

Com as nossas bandejas nas mãos, eu e o Oggie vamos à procura de um lugar nas mesas da cantina. Ela está sempre cheia, mas normalmente não é difícil encontrar uma mesa...

> Ei, podemos sentar com vocês?

Está entendendo o que eu quero dizer? Parece que é assim que as coisas funcionam por aqui. Eu tento levar numa boa, mas em dias como hoje... é difícil não ficar chateado.

— Eles acham que eu sou um monstro, Oggie.

— É que eles não te conhecem, Coop. Se te conhecessem, fariam fila pra sentar ao seu lado na hora do almoço.

— Ah, tá bom. Eles nem querem me conhecer.

— Quem não quer te conhecer? — pergunta uma voz aguda.

Olhamos pra cima e vemos o rosto conhecido da Mindy por trás dos óculos. Ela coloca a mochila gigante ao seu lado no banco. É tão grande que parece que tem mais alguém sentado conosco.

— Não vale a pena ficar pensando se os outros gostam de você — a Mindy vai direto ao ponto. — É melhor se concentrar nos estudos e deixar as distrações de lado. Eu não me matriculei na Escola de Aventureiros pra ganhar o concurso de garota mais popular.

E sem perder tempo, ela olha bem séria pra nós.

— Se vocês tivessem parado por um segundo, eu poderia ter deduzido onde as placas de pressão estavam escondidas no piso da caverna. Eu tenho o meu jeito!

A Mindy Darkenheimer é uma garota genial. Bom, tecnicamente o primeiro nome dela completo é "Mindisnarglfarfen". E ela diz que diabretes não costumam ter sobrenomes, porque a existência deles é invocada através de magia ou feitiços. Não sei bem o que ela quer dizer com isso, mas a Mindy foi adotada ainda bebê pelos Darkenheimers. E assim ela virou "Mindy Darkenheimer"!

MINDY DARKENHEIMER, A GAROTA GENIAL

> Bom, na verdade... o Império Hamarungue inventou o papel higiênico dois séculos antes dos goblins.

Sempre corrigindo os professores →

Mochila gigante cheia de livros e tralhas →

A Mindy cresceu em algum lugar ao Norte, perto das montanhas, e a única coisa que ela tinha pra passar o tempo eram livros velhos e poeirentos sobre geografia e tradições antigas que pertenciam aos seus pais. A Mindy é sem dúvida a pessoa mais inteligente que eu já conheci, isso incluindo todos os professores da Escola de Aventureiros. O problema é que às vezes ela quer dar uma de sabe-tudo, o que deixa os professores bem irritados.

Mas eu gosto da Mindy. Ela é incrível e está sempre preparada. Sempre. E nós temos muita coisa em comum. Nós dois precisamos nos esforçar mais do que os outros pra não ficar boiando na Escola de Aventureiros, e nenhum de nós dois quer ir embora.

— Mindy — diz o Oggie, provocando —, posso dar uma sugestão? Talvez, se não entupisse a sua mochila com tanta coisa, você não fosse tão lerda.

— Tudo o que eu tenho aqui é importantíssimo — a Mindy responde.

Você precisa mesmo de UM ARPÃO DE GANCHO pra almoçar na cantina?

Ei!

HA HA!

Devolve isso aqui, seu orelhudo! Eu posso precisar disso um dia!

Então a Mindy começa a tirar uns tubos e frascos de vidro da mochila. Ela parece estar preparando algum tipo de experimento químico em cima da mesa.

— Ahm… para que serve isso tudo? — eu quero saber.

Sem olhar pra mim, ela coloca toda a comida da bandeja em um funil.

— Vou deixar esta comida *comestível*. — E ela dá uma risadinha.

Nós ficamos assistindo ao cozido misterioso descer pelos tubos, misturando-se com um tipo de líquido que a Mindy preparou. Infelizmente, quando chega à outra ponta do tubo, está tão nojento quanto antes. É só um monte de gosma marrom.

— Vá em frente, Coop — a Mindy me oferece. — Experimenta.
— Acho que pior do que está não fica, né?

— Uau, isso é incrível, Mindy! — eu elogio, empolgado. — Vou precisar dessa engenhoca em todas as refeições. Acho que você ficaria rica se vendesse isso para os outros alunos.

A Mindy come uma colherada e parece orgulhosa.

— Foi o que a Daz disse.

O meu coração acelera só de ouvir o nome dela.

— E cadê ela? — pergunto, como quem não quer nada. — Nem consegui agradecer por ela ter me defendido.

— Ah, você sabe como ela é. — A Mindy dá de ombros. — Deve estar na dela, em algum canto por aí.

É verdade. Mesmo dividindo o beliche com a Mindy, a Daz é meio solitária. É bem possível que ela esteja no bosque da escola ou brincando com a sua zoelha de estimação, a Docinho.

— Por mim, tudo bem. Não preciso de alguém em cima de mim o tempo todo. Já chega o meu pai pegando sempre no meu pé. — O Oggie engrossa a voz e imita o pai: — "Você é melhor do que isso, Oggie! Saiba que não vai ser ninguém na vida se não tomar jeito!"

— Pelo menos o seu pai parece se importar com você, Oggie. — A Mindy suspira. — Os pais da Daz estão sempre ocupados e não dão a mínima pra ela. Ela não fala com eles desde que as aulas começaram.

— Jura? E ela está bem? — eu pergunto, entrando na conversa. Acho que o Oggie percebe o meu interesse.

> Coop... você tá a fim da Daz ou coisa do tipo?

> O QUÊ?!

— Hipótese interessante! — A Mindy, curiosa, ergue uma sobrancelha por cima dos óculos. — Você tá ou não tá a fim dela, Coop?
— Não! Claro que estou! — Eu acabei de dizer "estou"? Coop, seu otário! — Não! Eu quis dizer "não"!

SPLEC!

Uma coisa molhada e gosmenta bate no meu rosto. Uma porção de cozido misterioso. Enxugo os olhos e vejo o Zeek do outro lado da cantina com um sorrisinho detestável e arrogante estampado no rosto. Ele segura uma colher, que deve ter usado pra catapultar o cozido misterioso.

— Chega, tô cheio dessas provocações.
Mas a Mindy segura o meu braço e não me deixa sair da mesa.
— Coop, não! — ela implora. — Não vale a pena. Já estamos na corda bamba. Você acha que vai adiantar de alguma coisa comprar briga com o Zeek Ghoulihan? Não — ela responde a própria pergunta. — A gente só precisa enfiar a cara nos estudos. Foca no prêmio, Coop.

A Mindy tem razão, é claro. Não posso desperdiçar o meu tempo na Escola de Aventureiros só por causa de um espertalhão irritante como o Zeek. Além disso, todo mundo do Time Verde está contando comigo. Não posso decepcionar os meus amigos.

Mas tem algo me incomodando desde que o Zeek falou.

— Posso perguntar uma coisa pra vocês? Quem... quem é Dorian Ryder?

A Mindy faz uma careta.

— Por que você quer saber sobre ele?

— O Zeek disse que ele foi o primeiro humano a entrar pra Escola de Aventureiros e acabou sendo expulso. E que ele foi o pior aluno da história da escola. — Eu tiro um pouco do cozido do meu rosto e olho em volta da cantina. — É assim que todos me veem?

— Só porque você é humano não significa que vocês são iguais, Coop — a Mindy afirma. — Pelo que sei, vocês são completamente diferentes. Além disso, o Dorian Ryder foi expulso há muito tempo.

— Mas o Zeek disse...

— Esqueça o Zeek — o Oggie se intromete na conversa. — Ele é um babaca.

— Eu sei, mas... ah, fala sério. Pior aluno da VIDA?

— Pra começar, essa não foi a história que eu ouvi. — A Mindy chega mais perto pra sussurrar: — Eu ouvi falar que o Dorian Ryder era só um recruta. Mas que era um excelente aluno. Muito talentoso. Todos achavam que ele seria o melhor aventureiro de todos os tempos, só que...

— Só que o quê?

— Parece que o Ryder era muito levado. Não gostava de seguir regras e trapaceou no Desafio Final.

— Trapaceou? — Eu franzo as sobrancelhas.

— Pior do que isso. Ele só queria saber de ganhar. O Ryder *sabotou* os outros times, e muitas pessoas se machucaram de verdade. O diretor Munchowzen o expulsou na hora.

— Uau... eu nunca tinha ouvido essa parte. — O Oggie balança a cabeça, embasbacado.

— Você sabia disso também? — pergunto a ele.

— Ah, mais ou menos. Achei que fosse uma historinha. — O Oggie me entrega um guardanapo pra eu limpar o resto do cozido do meu rosto. — Ei, ficou um pouquinho aqui.

O sino toca. A hora do almoço acabou.

— Vamos pra aula — a Mindy diz, animada. — Introdução à Exploração!

CAPÍTULO

4

Uma das melhores coisas na Escola de Aventureiros é a aula da professora Clementine. Ela ensina Exploração Básica, que nada mais é do que uma introdução a tudo que precisaremos pra sermos aventureiros.

No entanto, ela passa a maior parte do tempo contando histórias. Mas não me entenda mal: as histórias são IRADAS. Casos cheios de adrenalina sobre descobertas de ruínas perdidas de civilizações antigas, primeiros contatos com criaturas de cem olhos... Ela até falou sobre uma vez em que conseguiu fugir das garras de um mestre de enigmas que a prendeu dentro de um labirinto de charadas! A única história que ela não nos contou foi como ela perdeu o olho e a perna. Ninguém pergunta, porque seria falta de educação. Mas eu aposto que foi culpa do mestre de enigmas malvado.

Eu já contei sobre aquela vez em que escapei de um labirinto de enigmas?

← Tampão maneiro

← Sempre vestindo roupas de estilo aventureiro esportivo

PROFESSORA CLEMENTINE, INTRODUÇÃO À EXPLORAÇÃO

— A exploração é um trabalho sério! — a professora Clementine exclama com paixão. — Sem os aventureiros, as histórias não contadas das Terras de Eem ficariam esquecidas nos recônditos perdidos do mundo. O nosso trabalho é encontrar essas chaves para o passado. Afinal de contas, é a nossa história. De *todos* nós. Você pode ser um bicho-papão, um druxo, um goblin, um humano ou qualquer outra criatura. Se conseguirmos entender o nosso passado, poderemos planejar um futuro melhor para todos nós.

A professora Clementine escreve sem parar no quadro.

— E há tanto a aprender! Ciência, cultura, tecnologias perdidas... e, de acordo com o que acreditam alguns, até magia!

— Pfff, eu não acredito em magia — resmunga o Zeek.

A professora Clementine se vira, com o olho em chamas.

— Como aventureiros, precisamos estar abertos a novas ideias, novas experiências, novas percepções sobre as pessoas e sobre o mundo à nossa volta. Precisamos nos conhecer e conhecer o outro pra podermos apreciar e valorizar o nosso legado.

A professora Clementine continua falando sobre a importância da exploração, e eu não consigo parar de pensar nas *Aventuras do Time Verde na Subterra!* O meu lápis rabisca pra lá e pra cá, e eu me imagino segurando uma tocha, o fogo estalando e eu entrando em uma caverna profunda e úmida pra encontrar os tesouros perdidos da besta de cem olhos...

— Coop? — A professora Clementine para em frente à minha mesa e me olha desconfiada com o seu único olho. — Está prestando atenção? Quais são os três primeiros princípios do Código do Aventureiro?

Eu saio do meu estado de transe e pouso o lápis na mesa. Podia até parecer que eu fazia anotações, mas na verdade estava escrevendo no meu diário de aventuras. Não foi por querer!

Eu me ajeito na cadeira e começo a prestar toda a atenção do mundo. Sinto o maior respeito pelo Código do Aventureiro. Imagine só! Gerações e gerações dos melhores aventureiros que já existiram vêm seguindo esses princípios. E sempre que eu recito o Código, sinto um tiquinho de orgulho. Mas nem todo mundo vê desse jeito. Na verdade, ouço atrás de mim os lamentos entediados do Zeek e do Axel.

— O Código do Aventureiro, Cooperson?

Formação de esquadra

— Heim? Ah!

— Número um: Descobrir novas formas de vida e civilizações perdidas.

— Número dois: Explorar lugares que não estão nos mapas.

— Número três: Desenterrar e preservar a nossa história coletiva.

— Pfff!

— Correto, Coop. Muito bem. Mas preste mais atenção... — A professora Clementine arregala o olho quando vê o meu livro de aventuras.

— Aham. Estou anotando aqui — eu digo, nervoso. — Tá vendo? Um monte de anotações.

Ela ergue a sobrancelha e se vira. Essa foi por pouco!

— Então, turma. A aula de hoje é sobre o que nós, aventureiros, chamamos de *formação de esquadras*. A preparação pro Desafio Final deve ser levada a sério, vocês sabem disso. E a formação das esquadras é o primeiro passo pra garantir que você e os seus companheiros trabalhem como uma equipe bem entrosada! Pra começar, quem pode me dizer o que é uma esquadra?

— Tem alguma coisa a ver com barcos? Tipo piratas, navios, essas coisas?

— Não, Oggie. Não estamos falando de barcos aqui, mas sim de uma esquadra aventureira. "Esquadra" é uma palavra que quer dizer "TIME"! E o time é tudo!

A professora prende a atenção de todos.

— E a COMPOSIÇÃO certa pra esquadra é a forma como montamos o nosso time pra que os membros complementem as habilidades uns dos outros. Por que vocês acham que é importante complementar as habilidades?

Dääää! Eu sou o Oggie e eu gosto de barquinhos!

HA HA!

A professora Clementine olha para a sala toda.
— Axel?
— Ahm. O que foi? — O Axel fica zoando, como se não estivesse nem aí pra escola. — Foi mal, profe. Era comigo?
A Daz entra na conversa, cheia de confiança:
— Uma boa composição de esquadra é importante pra que a equipe funcione melhor em conjunto. Assim, cada um complementa os pontos fortes dos outros membros.
— Exato, Daz! — A professora Clementine bate palmas. — Cada um tem um talento especial. Mas ninguém é perfeito sozinho. Se vocês combinarem os seus talentos e se ajudarem, os seus times vão arrasar!
A professora pega um giz e começa a escrever sem parar na lousa.
— Na Escola de Aventureiros, nós dividimos os nossos talentos em quatro atributos pra mensurar o sucesso de uma equipe!

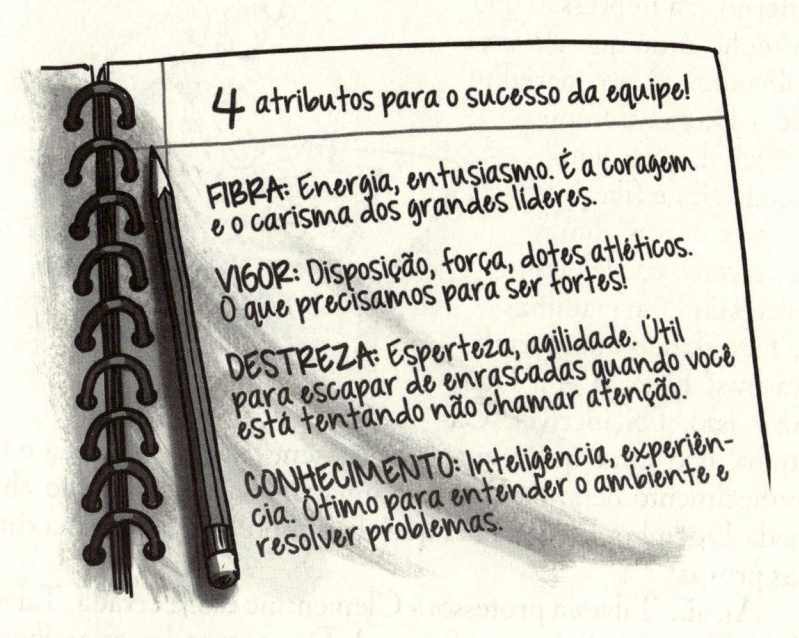

4 atributos para o sucesso da equipe!

FIBRA: Energia, entusiasmo. É a coragem e o carisma dos grandes líderes.

VIGOR: Disposição, força, dotes atléticos. O que precisamos para ser fortes!

DESTREZA: Esperteza, agilidade. Útil para escapar de enrascadas quando você está tentando não chamar atenção.

CONHECIMENTO: Inteligência, experiência. Ótimo para entender o ambiente e resolver problemas.

Colocando o giz no apoio da lousa, a professora Clementine se vira, animada.

— Quando os talentos dos times se combinarem do jeito certo, quando vocês conseguirem criar um time equilibrado e em sintonia... nada os impedirá de competir no Desafio Final e ganhar as suas medalhas de Aventureiros Mirins.

A professora Clementine se senta, quase sem ar.

— Alguma pergunta?

A sala está em silêncio. Dá pra ver que todos estão pensando nos próprios talentos. Como cada talento se encaixa nos times. Afinal de contas, o Desafio Final é uma questão de vida ou morte! E, para ser bem sincero, eu preferia não morrer. Mas no que eu sou bom? Acho que sou bom em escrever histórias, porém, como isso vai me ajudar no Desafio Final?

Com esses pensamentos na cabeça, olho pra Daz, sentada à mesa dela.

Ela está escrevendo no caderno, e a impressão que eu tenho é de que ela está brilhando. Não acredito que a Daz enfrentou o Zeek daquele jeito! Aquilo sim é fibra! E quantos outros alunos da escola conseguem atravessar armadilhas de fogo dando um mortal pra trás? É, eu já vi a Daz fazer isso. Foi incrível. Caramba, isso sim é que é vigor! E isso sem falar na destreza e no conhecimento dela. A Daz tem uma zoelha de estimação chamada Docinho. E eu já falei que ela sempre tira a nota máxima nas provas?

Ai, ai... Talvez a professora Clementine esteja errada. Talvez algumas pessoas sejam perfeitas. A Daz tem todos os atributos de uma equipe inteira...

— Aranha! Uma aranha! Tira isto daqui! Tira isto daqui! — Eu chacoalho os braços e pulo em cima da minha mesa, feito um grilo assustado. Os meus livros e papéis caem no chão fazendo um estrondo, e todo mundo se vira pra olhar pra mim, boquiabertos, como se eu fosse um alienígena.

Aquele serzinho preto de pernas peludas pula da minha mão e salta pro chão.

— Coop! — a professora Clementine grita. — O que significa isso?

— A... aranha — eu choramingo. — Tinha uma... uma...

Desde que entrei pra Escola de Aventureiros, eu adquiri o péssimo hábito de gaguejar quando fico nervoso. Talvez o treinador Quag esteja certo. Eu hesito demais. Ou é isso ou eu simplesmente não consigo ter sossego aqui. A sala toda ri baixinho e revira os olhos.

— Volte pro seu lugar agora mesmo. Eu não falei pra você prestar mais atenção?

— É só uma aranha, Coop... — A Daz pega a aranha como se não fosse nada e olha pra mim.

O Zeek solta uma risada sinistra.

— Que beleza, hein, DORIAN? Agora a turma toda viu como os humanos são uns COVARDES!

— Não me chame de Dorian!

— Ha ha! Quer que eu escreva uma carta pra sua mamãe? Já tá pedindo pra sair, Coop?

— Zeek Barfolamule Ghoulihan! — a professora Clementine ergue a voz. — Desconfio de que o senhor tenha tido algo a ver com isso.

— O quê? É só uma aranha. — O Zeek dá um sorrisinho arrogante, entrelaça os dedos e se encosta no espaldar.

De repente, o tempo começa a passar em câmera lenta. As vozes de todo mundo parecem abafadas, como se a sala toda estivesse comentando que eu sou um fracasso total. Até o Oggie me olha engraçado. Não sei o que fazer. Não posso chorar. Isso só pioraria tudo. Estou todo suado, me sentindo até meio enjoado. É que, tipo, eu sempre me senti um pouco deslocado na Escola de Aventureiros. Mas agora? Parece que este aqui não é mesmo o meu lugar. Talvez o Zeek tenha razão. Talvez eu deva ir pra casa.

RRRRIIIIIINNNNNG!

Por sorte, o sino toca. Agora posso dar um tempo.

— Vocês estão dispensados! — a professora Clementine grita, mas todo mundo já estava arrastando as mesas e cadeiras.

Em poucos segundos, a sala fica quase vazia. Eu me levanto, mas a professora Clementine chama o meu nome.

— Menos você, senhor Cooperson.

Que ótimo! A culpa é do Zeek. Eu sou inocente, é verdade! Inocente!

A sala fica completamente vazia. Só restamos eu e a professora Clementine.

— Sente-se — ela diz com a voz calma, e traz a cadeira pra perto da minha mesa.

— Eu só queria dizer... — começo, já tentando me defender, levando a mão ao peito. — Eu estava prestando atenção de verdade, se não fosse pelo Zeek e...

A professora Clementine me interrompe com um sorriso:

— Isto não é uma bronca. Na verdade, eu vejo muito potencial em você.

— Sério?

— Sério.

— Mas? — Sempre tem um "mas". Eu sei que lá vem bomba.

A professora dá um sorrisinho astuto.

— Sem "mas". Você tem muito potencial, só isso. Imagino que seja difícil ser o único humano da escola. Isso sem falar em ter que viver debaixo da terra e se acostumar a achar normal algumas coisas bem estranhas.

— A questão é que você sabe das coisas, Coop. Nem todos os alunos admiram o Código do Aventureiro como você. Mas você precisa se concentrar. Ter mais atenção. Eu acho legal que escreva no seu diário. Mas deixe pra depois da aula, tudo bem?

— Tá bom, professora. — Eu guardo o meu diário de aventuras na mochila e me levanto. — Posso fazer uma pergunta?

— O que quer saber?

— A senhora conheceu o Dorian Ryder?

Pela expressão da professora, ela ficou sem jeito.

— Conheci, sim. O Dorian era um aluno talentoso, mas muito problemático.

— É verdade que ele machucou várias pessoas?

— Infelizmente, ele tomou algumas decisões que acabaram machucando muitas pessoas. — A professora Clementine cruza os braços e olha pra longe. — O Dorian só se importava com os seus desejos egoístas. Não dava a mínima se tivesse que machucar alguém pra conseguir o que queria. E acabou sendo expulso da Escola por não respeitar o Código do Aventureiro.

— O que foi que ele fez?

— Não importa. Além disso, você tem mais com que se preocupar. — A professora Clementine dá um sorriso engraçado. — Ah, e uma última coisa, Coop. — Ela me leva até a porta. — Você tem grandes chances de conseguir a medalha de Aventureiro Mirim. O Desafio Final pode ser amedrontador, mas se vocês trabalharem em equipe e seguirem o Código do Aventureiro, com certeza vão conseguir. Você é um líder por natureza. Siga os seus instintos. O Time Verde tem sorte de ter você.

Um líder por natureza? Eu?! Não consigo conter a alegria. A professora Clementine é a melhor. Sinto que os meus passos ficam até mais confiantes e saio feito um raio da sala, disparando pelo corredor. Preciso contar isso pra minha família!

CAPÍTULO

5

Beleza, agora deixe-me contar uma coisinha sobre a minha família. Eu tenho quinze irmãos. Isso mesmo, você leu direitinho. Quinze.

Quer saber o nome deles? Kip, Chip, Flip, Candy, Tandy, Randy, Kate, Kat, Kit, Hoop, Hilda, Mike, Mick, Mary e Donovan. Ah, sim, não posso esquecer do nosso bode de estimação, o Walter.

Não temos muitas coisas, mas temos a companhia uns dos outros. E quanta companhia... Eu e os meus irmãos costumávamos passar o tempo correndo ao redor do pântano perto da nossa casa, catando sapos e vaga-lumes, jogando flumebol e saindo de barco pra pescar.

Como você pode imaginar, não tínhamos muita privacidade em casa. Nem sei o que essa palavra significa. Quando você tem quinze irmãos, ficar um momento sozinho é quase impossível. Até no banheiro.

Não sei o que deu nos meus pais pra decidirem ter tantos filhos, mas, enfim, já estou acostumado.

Ah, e... bom... esta é a minha casa.

A minha família mora em um barril gigante.

Vai em frente, pode rir. Eu deixo.

Sei que é meio esquisito, porém, quando eu era criança, achava que todo mundo morava em um barril gigante.

O meu pai vem de uma família de artesãos de barris. Não só de barris, mas de várias outras peças de madeira. Fazemos barris, tinas, baldes, banheiras e bebedouros pra animais. Até caixões.
(Por sorte, a minha família não mora em um caixão gigante. Isso seria sinistro, não seria?).

Usa o mesmo macacão todos os dias

Barriga de barril

Sempre carregando uma ferramenta

MEU PAI

Enfim, é o negócio da família. E como eu sou o filho mais velho, era de se esperar que o meu destino fosse seguir os passos de todos os Cooperson que vieram antes de mim.

Mas aí é que está...

Não sou essa pessoa. Não é isso que eu quero fazer quando crescer. Não quero fazer barris, baldes, banheiras e bebedouros o dia todo. E com certeza não quero fazer caixões.

Eu quero *aventuras*. Quero mistérios. Quero procurar relíquias perdidas! E fazer contato com criaturas incríveis pela primeira vez! Quero descobrir ruínas antigas que guardam segredos do passado! Sabe, essas coisas sobre as quais a gente lê na *Revista do Aventureiro*.

> Cheia de histórias verdadeiras de aventura e exploração.

> Quadrinhos superengraçados!

NO. 318

REVISTA DO
AVENTUREIRO

> Este é o Shane Shandar.

AS INCRÍVEIS AVENTURAS DE SHANE SHANDAR!

ANTIGOS SEGREDOS REVELADOS

> Sabia que ele se formou na Escola de Aventureiros? Não é demais?

53

Quando eu era pequeno, devorava histórias sobre o lendário Shane Shandar e suas expedições escabrosas pelo Santuário Cintilante! O Shandar é um verdadeiro herói, e parece sempre saber o que fazer em situações complicadas. Aposto que ele nunca hesita em momentos de tensão.

Eu sonhava em acompanhar o Shane Shandar nas suas aventuras e em escrever as minhas próprias histórias. Mas era só isto: um sonho.

Até que um dia eu recebi uma carta pelo correio.

Meu queixo caiu no chão quando eu li a carta.

Eu? Aceito na Escola de Aventureiros? Eu não tinha nem me candidatado!

Quer dizer, eu até escrevi uma carta me candidatando, mas não cheguei a enviar.

Foi assim: há algum tempo, teve um concurso na *Revista do Aventureiro*.

♦ ESCOLA DE AVENTUREIROS ♦

Você tem sede de AVENTURA?
Você sonha em explorar MUNDOS PERDIDOS?

AGORA É A SUA CHANCE!

Escreva uma redação explicando por que você deveria ser o nosso próximo Recruta Aventureiro!

A Escola de Aventureiros é a melhor escola para os futuros aventureiros e aventureiras. Aprenda com os melhores e mais experientes professores, embarque em jornadas eletrizantes e viva de acordo com o Código do Aventureiro!

Todas as redações serão lidas e avaliadas pelo fundador da Escola de Aventureiros, o diretor Geddy Vel Munchowzen!

Venha estudar na mesma escola onde o famoso aventureiro Shane Shandar estudou!

Nome:
Endereço:
☐ Quero ser um Recruta Aventureiro!

ESCOLA DE AVENTUREIROS!
Onde a aventura é a nossa matéria preferida!

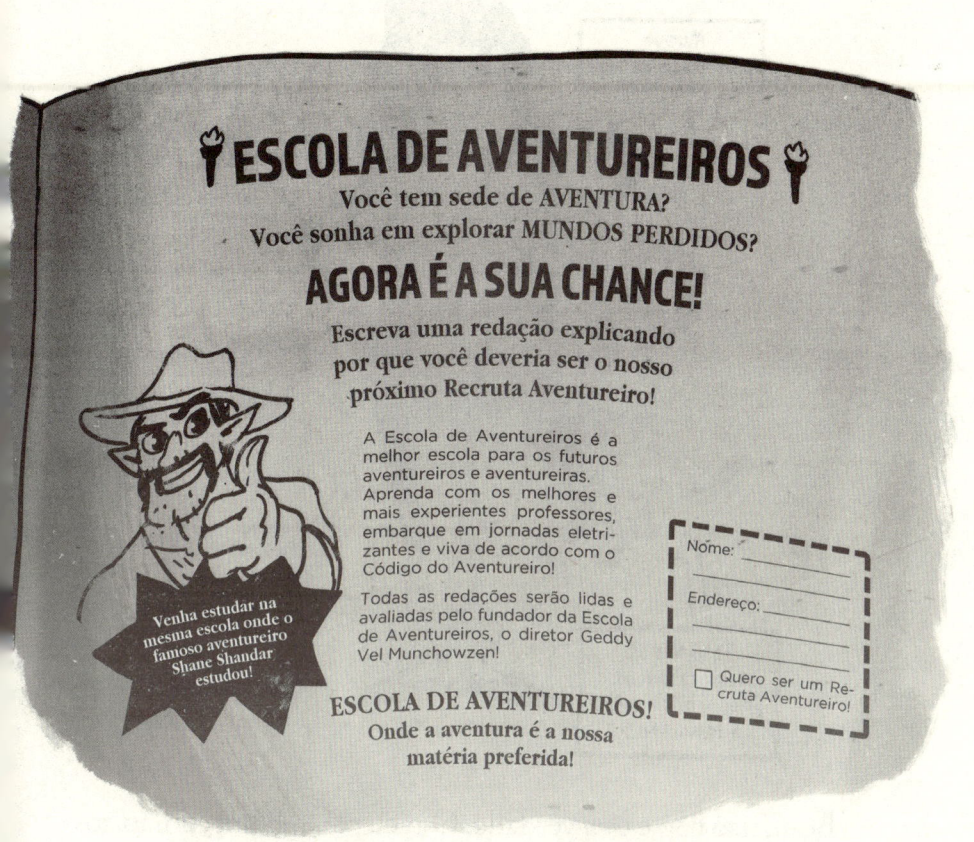

Então eu escrevi a minha redação. Demorei um tempão, mas não mandei. *Nunca nunquinha* achei que eles me aceitariam. Eu, Coop Cooperson, um garoto pobre que vive nos remansos da Terra Beira-Rio. Quem poderia imaginar que eu iria para a Escola de Aventureiros?

Além disso... eu não sabia como os meus pais reagiriam. Será que eles ficariam bravos por eu não querer seguir a profissão de marceneiro?

Mas quer saber o que aconteceu? Na verdade, foi a minha mãe que encontrou a minha redação e mandou por mim! Dá pra acreditar? As mães são demais, né?

Toda a minha família ficou muito feliz com a novidade.

MINHA MÃE

- Muque poderoso de mãe
- Pelo menos duas crianças penduradas nela o tempo todo
- Melhor mãe do mundo

Bom, isso não é *bem* verdade. O meu pai... bom, ele não gostou muito da ideia de eu ir estudar longe da família pra aprender a ser um "caça-aventuras", como ele chama. Ele preferia que eu ficasse em casa com ele, trabalhando na marcenaria, pra aprender a ser um bom marceneiro. As coisas andam meio difíceis em casa. A Terra Beira-Rio não é exatamente o lugar mais rico da Lodolândia. E com dezesseis bocas pra alimentar? Às vezes a gente passa um perrengue.

Por sorte, a minha mãe conseguiu convencer o meu pai de que essa poderia ser uma oportunidade incrível. Talvez eu viesse a ser o primeiro Cooperson a se formar e ajudar a família a mudar de vida. Eu sei, é uma honra, mas ter que me virar sozinho é bem assustador. Às vezes parece que estou carregando o mundo nas costas. Mas, poxa, eu estou na Escola de Aventureiros! Como posso reclamar?

Filho querido,

Ficamos felizes por saber que você está bem e que as aulas estão tranquilas. Os seus irmãos adoraram os desenhos que o Oggie mandou. E a Daz parece uma boa menina. Fale pro treinador Quag pegar mais leve com vocês. Ele parece osso duro de roer!

Agora vamos às novidades da semana. Está tudo bem aqui no pântano. O papai vem trabalhando na oficina todos os dias, mas você sabe, o movimento é fraco nesta época do ano. Ele gostaria que você estivesse aqui pra ajudar, mas sabe que você está dando duro na escola.

O Kip, o Chip e o Flip formaram um time de flumebol. A Candy, a Tandy e a Randy entraram pro coral dos girinos, e a Kate ganhou o concurso Soletrando. A Kit e a Kat perderam os dentes da frente, e o Hoop e a Hilda estão aprendendo a ler com os seus exemplares velhos da Revista do Aventureiro. O Mike, o Mick e a Mary não param de subir em tudo! E o Donovan disse sua primeira palavra: "Coop"! Que tal?

Eu mostro a sua foto pra ele todos os dias.

Estamos com muita saudade de você, Coop!

Com amor,
Mamãe, papai, Kip, Chip, Flip, Candy, Tandy, Randy, Kate, Kat, Kit, Hoop, Hilda, Mike, Mick, Mary, Donovan e Walter!

Todas as semanas, a minha família me escreve cartas, contando as novidades sobre a vida lá em casa.

Eu respondo as cartas toda semana, contando como estão as coisas na escola. Quer dizer, nem tudo. Tenho deixado de fora as partes ruins, tipo a possibilidade de ser expulso e as provocações do Zeek. Sei que não deveria guardar segredos, mas é que eu não quero deixá-los preocupados ou decepcionados.

A minha mãe sempre diz que eles estão bem, mas sei que a grana em casa anda curta. E tem tantas bocas pra comer!

Não quero ser ganancioso, mas se eu encontrasse um tesouro em uma aventura de exploração... nossa, ajudaria demais a minha família. A mamãe e o papai bem que mereciam um tesouro.

Porque o fato é que a minha família, mesmo passando dificuldades sem a minha ajuda em casa, me deu a oportunidade de realizar o meu sonho. Cara, fala sério! Eu estudo em uma escola que me ensina a ser um aventureiro! O que pode ser melhor do que isso? Preciso me esforçar, estudar bastante e me concentrar. Imagina se eu for expulso e decepcioná-los! Não posso deixar isso acontecer.

CAPÍTULO

6

— EI, PARA COM ISSO!

O Zeek me dá uma gravata e torce o meu pescoço, me deixando com o rosto virado pro sovaco suado dele. Tem cheiro de bunda de peixe misturada com repolho. Eu nem vi que ele se aproximava.

Eu me contorço pra tentar sair, mas sem chance. Quando se trata de gravatas (e olha que eu já levei várias), o Zeek parece uma prensa. Os braços dele podem até ser magrinhos, mas o sujeito é forte pra caramba.

— Que droga, Zeek! Chega de palhaçada! Me solta! — Eu passo o meu peso para a outra perna e quase consigo me livrar, mas o Zeek começa a apertar mais forte.

— Hum, deixe-me pensar... Um palhaço me pedindo pra parar com a palhaçada? — o Zeek tira sarro. — É, acho que não vai rolar, CUSPERSON!

Não consigo deixar de me surpreender com a baixa qualidade do xingamento do Zeek. Poxa, ele não poderia ter me surpreendido nem um pouquinho?

— Solta o cara, Zeek! — O Oggie se aproxima, com todo aquele tamanhão.

O Oggie vai acabar com o Zeek. Pega o miserável, Oggie!

— Cai fora, nanico — rosna o Axel.

O Oggie arqueia uma sobrancelha.

— Nanico? Eu tenho um metro e noventa de altura!

— Ah, é? Você tem um metro e noventa de pura burrice! — O Axel contrai os músculos azuis e escamosos e cerra o punho. — Você quer brigar?

— Ahm, não. — O Oggie solta um grunhido quando o Axel o ergue do chão.

— Tá ouvindo isso, Zeek? — O Axel soca o Oggie contra o armário. — O Oggie não quer brigar!

O Zeek dá uma risada satisfeita.

— Você vai precisar de sorte pra ganhar a sua medalha de Aventureiro Mirim junto com esse cara, Cusperson. Quem diria, heim? Um bicho-papão que não gosta de brigar.

E lá estou eu, cafungando o sovaco com cheiro de peixe e repolho cozido do Zeek, e o Oggie, pendurado feito um enfeite de parede. Pra ficar ainda mais constrangedor, o Time Azul e o Time Amarelo estão se reunindo pra assistir ao espetáculo. Digamos que eu já estive em uma situação melhor.

— Acho que a bicho-bobão aqui está muito ocupado com os rabiscos pra querer encarar uma luta. — O Axel pega o bloco de desenhos do Oggie e atira no chão.

— É bicho-papão! — grita o Oggie.

— Bicho-bobão! — O Zeek dá uma gargalhada contente e sinistra.

Eu achei "Cusperson" um apelido ridículo, mas "bicho-bobão" supera.

Agora, chega. Digam o que quiserem de mim, mas ninguém mexe com os meus amigos. Puxando rápido e rolando com agilidade, consigo me livrar das garras do Zeek e me levanto.

Fincando o pé no chão, eu ergo o meu dedo em riste como uma espada e aponto pro peito do Zeek.

— Cai fora! — eu urro, cheio de confiança.

Mas o Zeek fica lá parado e solta uma risada aguda que o faz parecer um balão perdendo o ar.

— Cai fora você! — O Zeek me empurra com tanta força que eu tropeço e caio de bunda no chão, fazendo um estrondo.

Estatelado no chão, fico vendo o Zeek e o Axel dar risada da minha cara. Aí a galera fica em silêncio. Ninguém se manifesta.

Só a Daz.

Ela vai empurrando todo mundo que está pela frente e se põe cara a cara com o Zeek e com o Axel. As sobrancelhas dela estão franzidas, e os punhos, cerrados.

— Você quer provocar alguém?

De repente, o Zeek perde aquela confiança toda e olha pro Axel pedindo socorro.

— Tudo bem, Coop? — A Mindy corre até onde eu estou e me ajuda a me levantar.

— E aí? — a Daz repete o desafio. — Vem me provocar, Zeek!

O Zeek congela e dá um passo na direção da Daz, manso feito um carneirinho. Ele tá nervoso, é óbvio, e eu consigo ver nos olhos dele que tá pensando com bastante cuidado no que vai dizer.

— Que se dane — ele diz por fim. — Pelo menos eu não fico isolado. Pelo menos tenho amigos.

A Daz não recua.

— Ah, é? Pelo menos eu não sou um bebezão.

O Zeek dá uma gargalhada.

— Bebezão? O que você quer dizer com isso?

— Ah, eu te conto... Fiquei sabendo que você ainda chupa chupeta. — A Daz deixa escapar um sorrisinho, mas os olhos dela ainda estão furiosos.

— O quê?! Do que você tá falando? Eu não chupo chupeta! Pepê é coisa de bebê! — a voz do Zeek falha, e ele olha de novo pro Axel, que só dá de ombros.

De repente, a Daz entra em ação. Em um movimento rápido, ela salta no ar, estica as mãos e dá um pulo por cima do Zeek.

Depois de tirar alguma coisa da mochila do Zeek, a Daz aterrissa em um movimento gracioso, com os cabelos voando pra trás.

— Bom, então você deve ser um bebê. — Sorrindo, a Daz segura uma chupeta rosa.

— O quê?! Isso não é meu! — o Zeek grita. — Isso não é meu!

Todos no corredor começam a rir, chamando o Zeek de bebezão.

— Quietos! Parem com isso! — O Zeek solta fogo pelas ventas, cada vez mais vermelho. Uma veia salta na testa dele, tão grande que deixaria a veia do treinador Quag no chinelo.

A garganta escamosa do Axel fica inchada, e então aquele druxo medonho solta uma gargalhada gutural. Lágrimas escorrem pelo seu rosto. O Axel está rindo tanto, mas tanto que chega a se contorcer.

O Zeek faz uma careta pro amigo e o empurra.

— Cala a boca, Axel!

— Mandou bem, Daz! — O Oggie dá um tapinha nas costas dela com sua mãozona peluda.

— É isso aí! — A Mindy bate palmas, radiante.

Quando vou agradecer à Daz, o Arnie Popplemoose aparece no corredor.

— Novidade quente! — o Arnie fala quase sem fôlego, ofegante feito um cachorro e pingando suor. — Novidade quentíssima!

— Calma, Arnie — eu digo. — Qual é a novidade?

— O diretor Munchowzen! — Os olhos do Arnie quase saltam das órbitas. — Anúncio. Local. Desafio Final! No auditório. Vamos, rápido!

E, num piscar de olhos, aquele bando de alunos sai correndo pro auditório. Descobrir onde será realizado o Desafio Final é coisa séria. Quando descobrimos o local do teste, podemos começar a pensar em todos os tipos de obstáculos malucos para os quais precisaremos nos preparar.

— Vamos lá, time! — a Mindy nos estimula, arrumando os óculos. — É agora!

— É isso aí, Mindy! — O Oggie fecha o bloco de desenhos e vai atrás dela.

A Daz está girando a chupeta rosa na mão.

— Ei, Daz, espere! — eu a chamo antes que ela possa se virar pra acompanhar a Mindy. — Como você descobriu que o Zeek usa chupeta?

— Ah, ele não usa.

— Como assim? — De queixo caído, eu praticamente sinto o gosto das minhas meias.

— Na verdade, é da Docinho, a minha zoelha de estimação. Pra ela dormir mais tranquila. — A Daz enfia a chupeta no bolso.

— Uau! — Como não rir disso? — Boa jogada!

— Bom, é que... eu não gosto desses valentões.

Apesar de ter mostrado pro Zeek quem manda na parada, a Daz não parece tão animada. Não consigo dizer exatamente por que, mas tenho a impressão de que ela está meio triste.

— Ei, aquilo que e-ele f-falou sobre você ser isolada — gaguejo. — Não é verdade. Eu sempre considerei você minha amiga.

— Valeu. Eu também, Coop. — A Daz para na porta e se vira pra mim, sorridente. — Você vem ou não?

Sem dizer mais nada, vou até ela, e nós dois saímos correndo pelo corredor a toda velocidade. A escola inteira está agitada. Desafio Final, aí vamos nós!

CAPÍTULO

7

— SOSSEGUEM, SOSSEGUEM! — O DIRETOR MUNCHOWZEN grita lá do palco do auditório. — Sosseguem, crianças!

A turma toda fica em silêncio, e o diretor examina a sala estreitando os olhos.

O diretor Munchowzen é inacreditavelmente velho e enrugado. Ele parece, tipo, uma uva-passa com um nariz comprido e um bigode branco. O diretor sempre usa as mesmas roupas: uma capa verde, velha e embolorada, enfeitada com medalhas coloridas e insígnias dos seus célebres dias de aventureiro.

Alguns dos garotos, como o Zeek e o Axel, ficam tirando sarro dele pelas costas, porque ele não ouve muito bem. Mas eles são dois abestalhados. Hoje em dia ninguém diria, mas o diretor Munchowzen é um dos maiores aventureiros de todos os tempos. Ele é o fundador da Escola de Aventureiros, e diz a lenda que foi ele que criou o Código do Aventureiro! Ele é fera demais, se você quer saber.

HEIN?

Chifre que ele usa pra ouvir melhor

Uma tonelada de medalhas

DIRETOR
GILBERT
MUNCHOWZEN,
FUNDADOR
DA ESCOLA DE
AVENTUREIROS

— Estamos reunidos aqui para revelar o local do Desafio Final deste ano! — o diretor continua. — A última prova do seu primeiro semestre na Escola de Aventureiros. Portanto, sem mais delongas...

Olho pra fileira ao meu lado e vejo o Oggie, a Mindy e a Daz, todos ouvindo compenetrados. Mal consigo conter a empolgação.

— O Desafio Final deste ano acontecerá... — o diretor Munchowzen está visivelmente gostando daquela ansiedade toda. — ... na FLORESTA DOS FUNGOS!

Quando o diretor termina de falar, uma bandeira se desenrola por trás dele no palco, mostrando um painel enorme com a foto de um cogumelo imenso em uma floresta.

A galera explode, e todas as crianças começam a gritar e conversar.

— A Floresta dos Fungos!
— Uau!
— Não creio!
— Isso vai ser demais!

Mas pra ser sincero... eu não sei nem onde fica a Floresta dos Fungos.

— Acalmem-se! — o diretor exclama, e todo mundo silencia outra vez. — A Floresta dos Fungos é a maior extensão de flora e fauna preservada na Subterra, o que faz dela o local perfeito para organizar um desafio. Como vocês sabem, a cada ano criamos um novo desafio pra fazer os nossos alunos se superarem. E, neste ano, o criador do desafio será ninguém menos do que o nosso bibliotecário, o senhor Quelíceras.

O meu coração dispara no peito. O senhor Quelíceras?! Só pode ser brincadeira! Maravilha! Que maravilha! Com certeza vai ter aranhas, não vai? Um monte de aranhas horríveis e nojentas!

Estou perdido.

O senhor Quelíceras sobe ao palco saltitando e para ao lado do diretor Munchowzen. Todos estão batendo palmas, mas eu começo a suar frio e me seguro firme no assento do banco onde estou sentado.

— Senhor Quelíceras — o diretor diz, falando com o meu pior pesadelo —, quer dizer algo aos nossos alunos?

Eca! Chega a me dar arrepios!

> Ei, Coop. Tudo certo aí, amigão?

> A-aranhas...

— Haverá tantas aranhas — eu falo entre os dentes.

— Você acha? — o Oggie pergunta. — Sei lá, seria óbvio demais. Aposto que o senhor Quelíceras vai arranjar umas cobras. Não tem umas cobras dentuças que vivem na Floresta dos Fungos, Mindy?

Eu ouço a Mindy falar *Ui!* só de pensar em cobras. A Mindy odeia cobras tanto quanto eu odeio aranhas. Certo, talvez não *tanto* (como seria possível?), mas mesmo assim, ela não é muito fã de cobras.

— Blerg! Por que você tinha que me lembrar disso? — A Mindy chacoalha a cabeça. — Cobras dentuças são extremamente letais. Sabia que elas cospem um ácido no rosto da presa antes de morder? Que coisa assustadora!

— Vocês dois estão exagerando. — A Daz ergue uma sobrancelha, sem se deixar abalar. — Não há nada de errado com cobras e aranhas. Eu tenho uma tarântula de estimação e uma víbora crestada em casa. Tá, a gente precisa ter cuidado ao lidar com elas... mas são tão bonitinhas!

— Tá bom, Daz — eu digo. — Nenhuma das duas eu considero bonitinha.

— Ah, é? E quem você acha bonitinha?

Penso em dizer "você", mas ainda bem que não falo em voz alta.

— Prestem atenção, crianças. Olhem para cá — o diretor Munchowzen grita. — Amanhã cedinho vocês partirão em uma viagem de trem-púlver e chegarão ao coração da Floresta dos Fungos. Vocês serão levados até o local secreto onde acontecerá o Desafio Final. É claro, a professora Clementine, o treinador Quag, o senhor Quelíceras e eu os acompanharemos e avaliaremos o desempenho de todos no desafio.

O diretor pigarreia, e um olhar sério toma conta do seu rosto enrugado.

— As suas habilidades serão testadas, lógico, mas o comportamento também. Neste ofício tão tradicional, a segurança é primordial. E é por isso que fazemos esses desafios simulados. Afinal de contas, explorar não é pra qualquer um. Nós somos aventureiros! Exploradores! Arqueólogos! Somos aqueles que preservam e protegem a nossa herança. Apenas os mais dedicados e empenhados conseguirão se formar. Vocês precisam estudar bastante e manter a forma! Vencer o Desafio Final não é tarefa fácil. Vocês precisarão de muita disciplina, coragem e trabalho em equipe. Quem sabe até de um pouco de sorte. Mas o mais importante: eu insisto que vocês respeitem o Código do Aventureiro. Lembrem-se dele em tudo que fizerem. Se respeitarem os princípios do Código... bom, vocês não precisarão de sorte.

O diretor faz uma pausa e passa os olhos pela sala.

— Agora, vão — ele diz. — Descansem bem esta noite. Amanhã será um dia muito importante...

É impossível garantir, mas, de repente, tenho a sensação de que o diretor Munchowzen está olhando diretamente pra mim. Como se os seus olhos vesgos enxergassem dentro da minha alma.

GLUP!

> Afinal, passar ou ser reprovado no teste irá definir o futuro de vocês na Escola de Aventureiros...

70

CAPÍTULO

8

HOJE É DIA DE CORREIO, MELHOR DIA DA SEmana. Mal posso acreditar que talvez venha a ser o meu último dia de correio, caso eu não passe no Desafio Final amanhã. Abro a trava de metal da minha caixa de correio e vejo que ela está abarrotada de cartas da minha família.

— Uau! Vou passar a noite toda lendo! — comemoro, nadando na pilha de cartas dos meus irmãos. Fico tão preocupado em enfiar todas as cartas na minha mochila que quase me esqueço da Daz, que está do outro lado da sala.

— Ei, Daz! Olha quanta coisa! Que peso! O que você recebeu?

Ela fecha a caixa de correio e passa a chave, sem dizer uma palavra sequer.

— E aí, como estão as coisas? — eu pergunto, meio sem graça. — Novidades em casa?

A Daz não deve ter me ouvido. Ela não vira as costas, só continua andando pra sair da sala de correspondência. Meio esquisito, mas a Daz às vezes prefere guardar as coisas pra si.

E então entra a Mindy e acena pra mim.

— Oi, Mindy.

— Oi, Coop! — Ela deixa a mochila gigante cair no chão e vai esvoaçando até a caixa de correio com as suas asinhas de diabreta.

— Mindy, posso te perguntar uma coisa?

— Claro, o que quer saber? — a Mindy responde, folheando um maço de cartas.

— É sobre a Daz. Você não acha que ela tá meio esquisita?

— Claro que sim. Hoje é dia de correio.

— Como assim?

Não entendi nada. O dia do correio é o melhor dia. É quando a gente recebe notícias da família e dos amigos que deixamos em casa. Não me entenda mal, a Escola de

Aventureiros é incrível, mas é um colégio interno. Eu sempre sinto saudade de casa.

— A Daz não recebe cartas. Como eu disse, os pais dela são meio... ausentes.

— Ah... — é só o que consigo dizer, porque, pra falar a verdade, eu me sinto um idiota. Até poucos minutos atrás, eu estava lá rolando em uma pilha de cartas, e a Daz sem nenhuma. — Talvez eu devesse pedir desculpa. Que falta de consideração a minha...

A Mindy esvoaça de novo e se abaixa pra pegar a mochila enorme.

— Sei lá, talvez seja melhor dar um tempo pra ela. E não faça tanto estardalhaço da próxima vez.

Volto pro dormitório pensando no que a Mindy falou. Eu gosto de pegar o caminho mais longo, porque passa pelo jardim da escola, que sempre está tranquilo a esta hora. Além disso, gosto de curtir um tempo sozinho (coisa que eu nunca conseguia fazer em casa). E, além do mais, se eu for pelo caminho do jardim, consigo evitar passar pela biblioteca, por onde o senhor Quelíceras sem dúvida está rondando.

Mas não consigo deixar de pensar que mandei mal com a Daz. Ela parecia bem chateada. É tão fácil se envolver com a própria vida, com os próprios problemas que às vezes esqueço o que as outras pessoas estão enfrentando. Contudo, a Daz não é só uma colega. Ela é minha amiga. E amigos cuidam uns dos outros. Nunca se separar do grupo, certo?

Quando volto pro meu quarto, encontro o Oggie debruçado no chão, pintando sem parar.

— Uau! Isso é o que eu estou pensando? — Largo a minha mochila e me ajoelho pra conferir o mais novo projeto do Oggie.

— É. O meu escudo de dragão.

— Cara, essa é a melhor arte que eu já vi na vida. — Fico pasmo, porque o Oggie realmente se superou! — Quanto tempo você levou pra fazer? Fala sério, como consegue arranjar tempo?

O Oggie lambe a pontinha do pincel e salpica uma bolota de tinta alaranjada pra destacar as chamas do dragão.

— Eu fiz durante a aula de artefatos do professor Shrewman. Faz um tempão que venho trabalhando nisso, mas hoje decidi trazer pro quarto pra dar os toques finais nas escamas e nas chamas do dragão. Sabe, né? Pra representar o Time Verde. Já que o Desafio Final está chegando e tal...

O Oggie cospe no dedão e limpa uma mancha de tinta azul.

— Mas ainda não sei se está pronto.

Dragão azul feroz

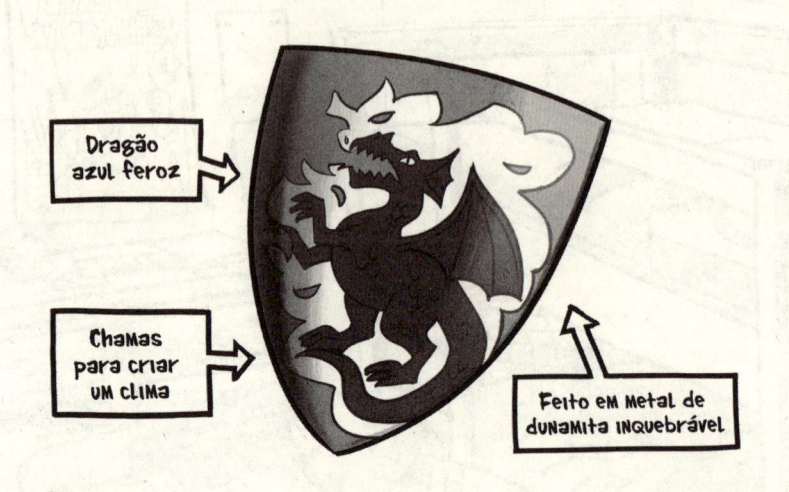

Chamas para criar um clima

Feito em metal de dunamita inquebrável

— Oggie, o escudo tá irado! Eu vivo te dizendo isto, mas vou repetir: você é um artista muito talentoso, cara.
— Sei lá. — O Oggie deixa o pincel de lado e se senta na escrivaninha. — Você é o único que acha isso.
— Não é verdade. — Eu me sento na cama, de frente pro Oggie.
— Ah, é? — O Oggie tira do bolso uma carta. — É do meu pai.
— O que ele diz?
— O de sempre. O velho Twinkelbark não vê a hora de me ver campeão do Desafio Final. Mal pode esperar pra contar pro resto da vila sobre os meus feitos, a minha força e a minha destreza de guerreiro. — O Oggie me passa a carta, distraído. — Dá uma olhada no que ele escreveu no final.

P.S.: Desenhar até que é legal, Oggie! Mas não se esqueça: desenhar não vai ajudá-lo a dobrar grades de ferro, não ergue portais e não derruba portas. Seja forte, lute com tudo e coma bastante. Afinal de contas, você é um Twinkelbark!

— Sei lá, Og. O seu pai disse que desenhar é legal. — Eu devolvo a carta pra ele.

— "Até que é legal." Não é a mesma coisa. Além disso, eu sei que ele não tá nem aí. — O Oggie estufa o peito e fala grosso, fazendo graça: — "Eu sou um Twinkelbark! Sou um bicho-papão grande e malvado." — Ele se levanta, bate no peito e sai batendo o pé pelo quarto. — "Sou mais valente que um gigante e não levo desaforo pra casa!" Fala sério! O meu pai quer que eu seja exatamente como ele. Mas não sou. Tenho os meus interesses, sabe? Só porque sou grande não quer dizer que nasci pra ser um guerreiro como ele.

O Oggie levanta o escudo e o joga debaixo da cama.

— Pô, Oggie... — Eu puxo o escudo de volta. — Entendo o que quer dizer, mas talvez você só precise conversar com ele. Acredite, eu me identifico com você. O meu pai ainda quer que eu seja marceneiro quando crescer.

— Coop Cooperson, marceneiro? — o Oggie diz, intrigado.

— É, ué. O meu pai é marceneiro. Ele faz barris, bebedouros pra cavalos, esse tipo de coisa. E como sou filho de marceneiro, meu pai criou essa expectativa, entende? Porém, os pais às vezes podem surpreender. Mesmo sendo um pouco contra, eles me ajudaram a chegar aqui e realizar o meu sonho. Agora eu tenho chance de me tornar um aventureiro. Nós todos temos.

— É, acho que sim. Mas você está certo sobre uma coisa. — O Oggie ergue aquela cabeçona peluda e sorri. — Nós temos mesmo chance de nos tornarmos aventureiros.

— Vocês me ouviram. Temos que nos preparar pro Desafio Final! — A Mindy me puxa pela mão, tentando me tirar do quarto.
— Quê? Aonde estamos indo? — eu pergunto.
— Precisamos estudar tudo sobre a Floresta dos Fungos até amanhã. Temos de saber o que nos espera por lá. Princípio número quatro do Código do Aventureiro: esperar o inesperado.

A Mindy apanha o escudo de dragão do Oggie.
— Tome aqui! — Ela entrega o escudo pro Oggie.
— O meu escudo? Para quê? — O Oggie torce o canto da boca.
— Você pode precisar — ela afirma.
— O quê? Por quê? — O Oggie se vira, confuso. — A tinta nem tá seca.
— Calma aí. — Eu faço a Mindy parar antes de ela começar a descer pelo corredor. — Aonde você tá nos levando? Está quase na hora de dormir.
— Vamos à biblioteca.
— Opa, opa, opa. Mindy, a biblioteca tá fechada — eu digo. — Ninguém pode entrar lá à noite.

Além disso, o senhor Quelíceras está na biblioteca! Eu faço tudo o que estiver ao meu alcance pra evitar a biblioteca. Sério, nunca peguei um livro emprestado. É o Oggie que vai por mim.
— Errado! A biblioteca é PROIBIDA à noite. Então não haverá ninguém lá pra nos perturbar. Agora, vamos de uma vez. A Daz vai nos encontrar lá.
— Mas... mas, Mindy! — eu gaguejo. Isso não pode ser verdade.

A Mindy dá um sorrisinho malicioso.
— Não creio. Você está... com medinho?

CAPÍTULO
9

SQUIIIIIIIIIC.
A Mindy abre a porta gigantesca da biblioteca e eu estremeço, meio que esperando encontrar o senhor Quelíceras ali, pronto pra nos apanhar. Mas não, tudo o que vejo é uma escuridão total. Avançamos poucos centímetros. O caminho está livre… por enquanto.

— Não estou g-gostando nada disso — eu gaguejo.

Vamos andando pelos corredores de prateleiras imensas, todas abarrotadas de livros velhos, calhamaços e pergaminhos.

A Daz boceja.

— Espero que valha a pena perder uma noite de sono, Mindy. Eu poderia estar afofando a Docinho agora.

— Quem é que gostaria de afofar um zoelho? — o Oggie provoca. — É como dormir ao lado de uma serra elétrica, com aqueles dentes afiados.

— A Docinho é fofa! — a Daz retruca.

— Bico fechado, vocês dois aí! — ordeno, olhando pro teto, sem conseguir ver nada além de teias de aranha finíssimas na escuridão. — Vamos andar rápido e em silêncio. Concentrem-se no "rápido"!

— Deixa de ser paranoico, cara. — A Mindy vai à frente, andando em meio a um corredor escuro cheio de livros que não são emprestados há muito tempo. Ela tira uma camada de pó de um volume roxo com as bordas meio rasgadas e sussurra: — *Lendas da Grande Floresta dos Fungos.*

Seguimos na ponta dos pés até uma das mesas pesadas e nos debruçamos em cima do livro, na esperança de aprender algo útil sobre a Floresta dos Fungos. Qualquer coisa que nos dê uma vantagem pro Desafio Final, pra não sermos pegos desprevenidos.

— "A Floresta dos Fungos é o maior bioma de natureza selvagem de toda a Subterra" — a Mindy lê em voz alta. — "É composta de matas fechadas de fungos coloridos e exuberantes e é povoada por uma imensa variedade de vegetação e criaturas ainda não catalogadas. Muitos acreditam que a vida nessa região tão peculiar é interconectada e cresce a partir dos próprios esporos dos cogumelos mais altos. No coração da Floresta dos Fungos se encontra o misterioso Labirinto de Cogumelos... um labirinto natural de difícil penetração, cheio de cogumelos raros e venenosos."

— Parece o lugar perfeito para uma pista de obstáculos cheia de armadilhas mortais, se você quer saber — comento. — Nota mental: não comer os cogumelos.

— Caraca, olhem só isso... — A Daz não se contém ao virar as páginas.

Ficamos olhando pra imagem de uma criatura horripilante no livro.

Fig. 108. A rugifera

— Não vem me dizer que *essa* coisa é fofa — o Oggie diz, rugindo e enfiando o livro na minha cara, e na sequência soltando um assustador som de dragão: — ROOOOOAAARRRRR!

Mesmo tentando me controlar, eu caio na gargalhada.

— Ei! Já chega, os dois! Vocês são piores do que o Zeek e o Axel! Não podemos correr o risco de fazer besteira! — a Mindy dispara.

O Oggie ergue as mãos, cedendo.

— Tá bom, tá bom. Só estou tentando deixar as coisas mais divertidas, Mindy.

— Todo mundo só quer saber de se divertir! — resmunga a Mindy, revoltada. — Eu me dediquei pra caramba e não vou deixar uns bobões me fazerem ser expulsa da escola. Agora, posso continuar, por favor?

— Manda ver, Mindy. — A Daz lança um olhar de desaprovação pra nós.

A Mindy suspira e continua a leitura:

— "A rugifera é um dos predadores mais ferozes da Floresta dos Fungos. É muito raro vê-la na natureza, pois qualquer aproximação significaria morte certa. As rugiferas adultas podem atingir até nove metros de altura e quinze metros de comprimento, incluindo a cauda."

Todos arregalamos os olhos.

— Vocês acham que eles colocariam uma rugifera no Desafio Final? — pergunto, incrédulo. — Esse bicho é gigante!

— Tudo é possível — a Mindy afirma. — Princípio número quatro do Código do Aventureiro: esperar o inesperado.

> ENTÃO É POR ISSO QUE VOCÊ TROUXE PRA BIBLIOTECA UMA BOIA INFLÁVEL À PROVA DE LAVA, MINDY?

— Precaução nunca é demais! — A Mindy arranca a boia inflável da mão do Oggie e enfia de volta na mochila. — Além disso, você não vai querer bancar o engraçadinho quando todas as minhas tralhas forem úteis.

— Pessoal, escuta isto aqui. — A Daz lê: — "O apetite da rugífera é praticamente insaciável. Ela pode comer até uma tonelada de comida por dia, alimentando-se sobretudo de cogumelos, mandrágoras, espongossauros e gogumelos."

— Espera aí, qual é a diferença entre um cogumelo e um *gogumelo*? — o Oggie quer saber.

A Mindy folheia as páginas feito uma maluca e eu abano toda a poeira que ela levanta.

— Acho que os gogumelos são os habitantes nativos da Floresta dos Fungos. Olhem aqui. — Ela aponta.

Fig. 110. Grupo de gogumelos

A Mindy prossegue com a leitura:

> Tem vários parágrafos falando sobre o lendário Rei Gogumelo que muito tempo atrás reinava na Floresta dos Fungos.

> Parece que ao evocar o nome do rei, Miko Morga Megalomungo, os gogumelos concedem uma audiência com o rei deles.

> Miko Morga Megalomungo? Que que é isso? Quem conseguiria lembrar um nome desses?

— "Os gogumelos são muito cautelosos e reclusos, e ninguém jamais conseguiu observá-los em seu habitat natural, que se acredita ficar escondido nas profundezas do Labirinto dos Cogumelos."

— Com uma rugifera à solta por aí, quem não ficaria recluso? — eu brinco.

— Bom, acho que já encontramos o que precisávamos. — A Mindy fecha o livro.

— Esperem. Antes de ir, podemos procurar outra coisa? — sugiro, acanhado.

— Ué, achei que era você que queria sair daqui o mais rápido possível — o Oggie zomba.

— O que você quer pesquisar? — A Mindy me encara.

Olho para todos e respiro fundo.

— O Dorian Ryder.

— É sério, Coop? Ainda com esse negócio de Dorian Ryder? — O Oggie balança a cabeça. — Esqueça isso de uma vez.

— É que… é que preciso saber o que aconteceu. Ele foi o único humano a estudar na Escola de Aventureiros. Não quero acabar como ele.

— Você acha que isso é algo que encontraríamos na biblioteca? — A Daz franze as sobrancelhas.

— Calma! — A Mindy ergue a mão. — O assunto foi muito falado pela imprensa! Aposto que, se procurarmos na *Revista do Aventureiro*, acharemos algo. Na seção de periódicos tem um arquivo com todas as edições anteriores.

A Mindy nos leva até uma parede de armários cheios de revistas e jornais velhos, e encontra a letra R, onde estão guardadas todas as edições da *Revista do Aventureiro*.

— Aqui! Todas as edições já publicadas.

Começamos a abrir todas as gavetas, correndo os dedos pelas etiquetas que identificavam as revistas pela data.

— Quando o Dorian foi expulso? — pergunto.

A Mindy torce o nariz.

— Faz uns cinco anos, acho. Bem antes de nós entrarmos.

— Aqui! Aqui está! — O Oggie tira a edição 244 da gaveta. — Vamos dar uma olhada nos quadrinhos do Shane Shandar antes!

— Oggie! — a Daz o repreende.

— Me dá isso aqui! — A Mindy tira a revista da mão dele e folheia as páginas até encontrar a manchete sinistra.

CATÁSTROFE
NA ESCOLA DE AVENTUREIROS

A renomada Escola de Aventureiros sofreu um desastre durante a prova do Desafio Final realizada anualmente. Quatro alunos ficaram gravemente feridos após uma explosão na pista de obstáculos. Dorian Ryder, um aluno que competia na escola, foi considerado culpado. Ele sabotou os dispositivos das armadilhas e foi expulso imediatamente por ter causado o acidente.

Dorian Ryder

O diretor Geddy Vel Munchowzen declarou: "Esse aluno não se manteve fiel ao código de conduta que valorizamos na nossa escola, e estamos chocados, horrorizados e decepcionados". Os quatro estudantes feridos se encontram em situação grave, mas devem se recuperar sem sequelas.

— Explosões... — eu murmuro.

O Oggie coloca a mão no meu ombro.

— Caraca, o negócio foi sério mesmo.

— Aqueles garotos podiam ter morrido! — A Daz parece chocada.

— Vamos, precisamos ir embora. — Eu me sinto um tanto nervoso, como se de repente houvesse alguém nos observando dos cantos escuros da biblioteca.

— Esperem, não acabou... — A Mindy continua a ler a reportagem: — "Essa não é a primeira vez que a Escola de Aventureiros enfrenta uma catástrofe nos últimos anos. Anteriormente, Lazlar Rake, antigo pupilo do diretor Munchowzen e cofundador da escola, foi banido após três estudantes terem morrido por negligência durante uma expedição não autorizada pelo Santuário Cintilante. Quando questionado sobre o incidente, Munchowzen se negou a comentar."

— Lazlar Rake? — eu penso em voz alta.

— Shhhh, o que foi isso? — As orelhas da Daz apontam pra cima, e ouvimos um barulhão vindo de algum lugar da biblioteca, seguido de uns passinhos rápidos.

— Tem alguém vindo — a Mindy sussurra.

— Eu sabia que isso era uma má ideia — protesto.

— Vão, vão, vão! — a Daz grita.

Fechamos a revista e corremos pelas fileiras de prateleiras, mas o Oggie tropeça e dá de cara com uma delas, derrubando uma pilha enorme de livros. Ele tenta levantar os livros pra colocá-los no lugar, mas eu o puxo pelo braço.

— Esquece isso! A gente vai virar comida de aranha!

— Dá pra parar com essa história de comida de aranha, Coop? O senhor Quelíceras não vai...

E então alguma coisa gosmenta pinga na minha mão, vinda das trevas lá de cima. Eu me viro e olho pra cima.

Lá está ele. O senhor Quelíceras em uma pose ameaçadora. Ele rasteja na nossa direção, descendo de uma prateleira gigantesca, pingando saliva pelas mandíbulas. Sinto o sangue sumir do meu rosto, como se as quelíceras do senhor Quelíceras já tivessem sugado toda a vida do meu corpo.

Ele parece tentar me alcançar com as suas patas dianteiras peludas e compridas! Eu fecho os olhos e fico à espera da morte!

Os momentos seguintes são confusos. As minhas pernas amolecem, mas de alguma forma consigo correr até a saída da biblioteca, e finalmente chego ao meu quarto.

— Bom, isso foi divertido! — A Mindy está ofegante. — Eu diria que foi um sucesso!

— É, nada mal pra uma noite. — A Daz boceja. — Vou descansar. Amanhã será um grande dia. Tchau, garotos. — Ela estica os braços e boceja de novo, tomando o rumo do dormitório das meninas com a Mindy.

— Tudo certo aí, Coop? — O Oggie dá risada. — Rapaz, você deveria ter visto a sua cara!

Não sei se vou conseguir dormir algum dia de novo.

CAPÍTULO
10

— ESTAMOS ATRASADOS!
Eu acordo num pulo, passo por cima das cobertas e desço apressado do beliche.
— Oggie! Levanta! Nós perdemos a hora! — Em um puxão ligeiro, tiro a manta de cima do Oggie. — Eu falei pra acordar!
— Sai fora, Coop! Tá muito cedo — o Oggie resmunga e vai se encolhendo devagar até parecer uma bola de pelo gigante em cima da cama.
— Não tá cedo! Nós vamos perder o trem! O trem-púlver sai em menos de dez minutos!
O Oggie arregala os olhos e tenta se erguer, mas bate a cabeça na parte de cima do beliche.
— Ai! — ele geme. — Como foi que perdemos a hora?
Pra começo de conversa, nem sei se cheguei a dormir, graças a uma combinação de empolgação por causa do Desafio Final com pesadelos horríveis em que eu ia parar na teia do senhor Quelíceras! Eu não diria que foi uma boa noite de sono.
Visto-me em segundos e encho a mochila com os meus equipamentos. Jogo o escudo do Oggie pra ele, do outro lado do quarto.
— Anda, tartaruga! Nós vamos perder o Desafio Final!
A minha cabeça gira. O resto da turma já deve estar na estação-púlver. Disparamos pelos corredores da escola e atravessamos o Salão dos Cadetes, onde um grupo de garotos mais velhos ri e nos provoca:
— Não se atrasem, recrutas!
Atravessando a cantina, passamos disparados por uns escoteiros que estão na fila aguardando o Blorf distribuir o café da manhã. É claro que o Oggie não se aguenta e pega um ovo de cacarejeira cozido e engole tudo de uma vez.

— "Não se atrasem, não se atrasem!" — eu repito, quase sem fôlego, as palavras irritantes dos cadetes. Corro tão rápido que mal consigo respirar.

Por sorte, chegamos a tempo. No trem-púlver, que é uma locomotiva mecânica incrível que desliza sobre trilhos, já estão embarcados todos os nossos colegas e professores. Nuvens de fumaça saem das chaminés, e as equipes de xourins engenheiros se apressam pra preparar o veículo pra partida.

O único problema é que os últimos assentos disponíveis são ao lado do Zeek e do Axel. Parece que nem os outros membros do Time Vermelho querem se sentar perto daqueles dois.

— Não seria uma pena se eles perdessem o desafio, Axel?

— É, uma pena mesmo — o Axel concorda.

— Mas, sabe... — O Zeek leva seu dedo verde e comprido ao queixo e continua, com o sarcasmo: — ... talvez fosse melhor se eles tivessem se poupado o esforço. Pelo menos não passariam vergonha na frente de todo mundo quando fossem reprovados no desafio e expulsos da escola.

— Há há! Boa, Zeek! — o Axel o apoia, com um grunhido anasalado.

Pra minha surpresa, a Daz e a Mindy chegam depois de nós. A mochila da Mindy está tão cheia que parece ter engolido outra mochila. É sério, tem o dobro do tamanho dela e está transbordando com equipamentos de aventura.

— Daz! Mindy! Vocês estão mais atrasadas do que nós! Como é possível?

Ofegante, a Mindy deixa a mochila cair no chão.

— Eu precisava garantir que estava trazendo todos os itens essenciais. Tive que conferir três vezes!

Itens essenciais da Mindy

O Zeek revira os olhos.

— Isso me parece um monte de lixo! Boia à prova de lava? Jura?

— Cala a boca, Zeek! — o Oggie berra, erguendo a mochila da Mindy com facilidade.

O Zeek sorri e dá um tapinha no banco ao seu lado.

— Vem, Time Verde. Senta. Pode ser a última vez que nos sentamos juntos. E eu quero *aproveitar*.

De má vontade, eu me sento ao lado do Zeek e vejo que ele e o Axel estão rindo, satisfeitos. O que será que eles podem aprontar?

Os motores do trem-púlver roncam e a viagem começa. No início, as rodas do trem giram devagar nos trilhos, sacudindo e nos levando pra longe do *campus* da escola. O trem-púlver faz barulhos e estalos por causa das engrenagens mecânicas, e chacoalha bastante ao ganhar velocidade e se aproximar de um par de portas duplas gigantes.

— Isso é demais! — sussurro sem que ninguém me ouça.

Os motores ganham velocidade e o vapor assovia, fazendo retumbar todos os zunidos e tinidos mecânicos.

— Você nunca andou de trem-púlver?

— Não, Daz — eu respondo, de olhos arregalados.

— Caramba, que tosco! — O Zeek dá um sorriso cheio de dentes.

— Há! Essa foi boa, Zeek! — O Axel cai na gargalhada.

— Então é melhor se segurar — a Daz responde sorrindo, ignorando totalmente o Zeek e o Axel.

Uma voz estranha e robótica irrompe pelos alto-falantes do trem-púlver.

> Todos a bordo! Próxima parada, Floresta dos Fungos!

— B-b-bem-vindos a bordo, alunos! Apertem os cintos de segurança, protejam os seus pertences e firmem a bunda no assento, pois estamos nos preparando pra descida. E não se esqueçam de m-m-manter mãos, pés, garras e bicos dentro do trem-púlver durante toda a viagem! Iniciando procedimento de entrada!

— Abrindo as portas!

As portas duplas enormes fazem um barulhão pra abrir, mostrando um túnel escuro.

— Iniciar d-d-descida!

A rajada de vento bagunça o meu cabelo durante a descida em espiral que o trem-púlver faz pra baixo da superfície. Nunca vi nada parecido. *Aí vamos nós*, eu penso. *É agora.*

Você já sentiu uma empolgação tão grande que parece que o seu cérebro está se desenrolando e virando um macarrão gigante e o seu coração começa a usar o macarrão desenrolado do cérebro pra pular corda? Ou sentiu o seu estômago ficar tão leve e batendo tão rápido que parece que se você correr bastante vai levantar voo feito um pássaro?

Talvez seja só comigo... Mas é que tô TÃO empolgado! Porque hoje é a minha grande chance. Hoje darei o meu primeiro passo pra me tornar Coop Cooperson, um aventureiro extraordinário!

Chego a ficar comovido ao me dar conta de aonde cheguei. Coop Cooperson, o filho mais velho de uma família com dezesseis crianças. *Tão único*, como dizia a minha mãe, em meio a um exército de gêmeos e trigêmeos (fora o Donovan, é claro, mas ele ainda é bebê). Sempre me senti um estranho entre eles. Sem falar que é fácil a gente se perder naquela confusão. A verdade é que todos da minha família sempre gostaram da vida que levavam, mas eu sabia que, no fundo, queria algo a mais pra mim. Não quero ficar encurralado em um barril o tempo todo. Sempre imaginei algo diferente pra minha vida. Sempre tive sede de aventura.

Ouço a voz da professora Clementine ecoando pelos alto-falantes do trem-púlver:

— Aqueles que nunca foram a nenhum outro lugar da Subterra além da escola, tirem um momento pra apreciar a paisagem ao redor.

O Oggie me dá uma cotovelada.

— Olha só, Coop!

— Que negócio é esse? — digo sem pensar.

— Não faço ideia, cara. — O Oggie arregala os olhos, espantado.

A professora Clementine volta a falar:

— A Subterra é muito mais do que uma rede de cavernas conectadas. Na verdade, a Subterra é um mundo próprio. Um mundo debaixo do mundo que conhecemos, onde milhares de criaturas, bichos e espécies se encontram. É um ecossistema maravilhoso e um território de aventura que está apenas começando a ser explorado e protegido. Esse é o nosso dever como futuros aventureiros...

O trem-púlver passa por baixo de uma cachoeira subterrânea nas rochas. Uma luz azul-clara ilumina todos os passageiros do trem-púlver, e vemos mais e mais daqueles insetos saltarem pelas rochas gotejantes.

— Eles se parecem com langrogos — comento.
— O que é um langrogo? — o Oggie quer saber.
— Ah, é um tipo de crustáceo que existe perto da minha casa. Eles têm umas garras enormes, oito patas e duas antenas pendentes.

O langrogo

De repente, me sinto de volta à minha infância. Aos dias quentes de verão no pântano com os meus irmãos. Um turbilhão de memórias invade a minha mente.

— Eu me lembro de uma vez em que fomos pescar langrogos, e o meu irmãozinho Chip se perdeu no bambuzal ao lado do rio. Nós o procuramos por todo lado, mas não o encontrávamos. Estava ficando escuro. Eu sabia que ele deveria estar com medo, então me separei dos outros pra procurá-lo. Fui me arrastando pela lama, me embrenhando pela água... Acabei me perdendo também...

— O que aconteceu depois?

— Bom, Oggie, depois de horas de busca, eu ouvi o meu irmão chorando bem longe. Gritei o nome dele: "Chip! Chip!". E quando enfim o achamos, ele estava preso em um ninho de langrogos, cercado pelos maiores langrogos que eu já tinha visto. As pinças deles pareciam lâminas de tão afiadas, e as carapaças ficavam ainda mais vermelhas ao anoitecer.

Percebi que todos no trem-púlver estavam ouvindo a minha história. Inclusive o Zeek e o Axel.

— E o que você fez? — A Daz me olha com interesse. — O que houve?

— Ergui o meu bastão e parti pra cima deles. Eu contra meia dúzia de langrogos. Devo ter assustado as criaturas, porque elas saíram deslizando e entraram na água. Não sei o que deu em mim, mas naquela hora eu sabia que a única coisa que importava era o meu irmão. Ele estava tão assustado... Eu precisava fazer alguma coisa.

— Ah, tá... — o Zeek zomba. — Coop Cooperson? O Capitão Bunda-Mole? Isso nunca aconteceu. Você deve ter ido chorar pra a sua mamãe.

— É verdade, sim — confirmo. — Eu juro. Até encontrei uma moeda de ouro no ninho do langrogo.

— Uau... — o Zeek debocha. — Uma moeda inteirinha? É praticamente o tesouro de um dragão! Fala sério!

— Bom, era bastante dinheiro pra minha família lá no condado. Eu peguei a moeda, tirei o Chip de lá e a minha família ficou muito animada. Ficavam me chamando de Coop, o aventureiro.

— Sei. Tá mais pra Coop, o... é... — O Zeek fica sem saber como me insultar. — O *nerd* aventureiro. É, é isso aí!

Todo mundo fica em silêncio. Até o Axel ignora a bobagem do Zeek.

Naquele momento, me dei conta de que eu tava morrendo de saudade da minha família. Mas não posso me deixar abalar agora. Passamos por outra cachoeira e, do outro lado, cogumelos gigantes e multicoloridos brotavam nas pedras. A Floresta dos Fungos. Pelo visto, estamos quase chegando.

— Você tá preparado? — o Oggie pergunta.

Eu me viro no meu lugar pra olhar pra multidão de cogumelos. Sim. Eu sou Coop Cooperson. Eu nasci preparado.

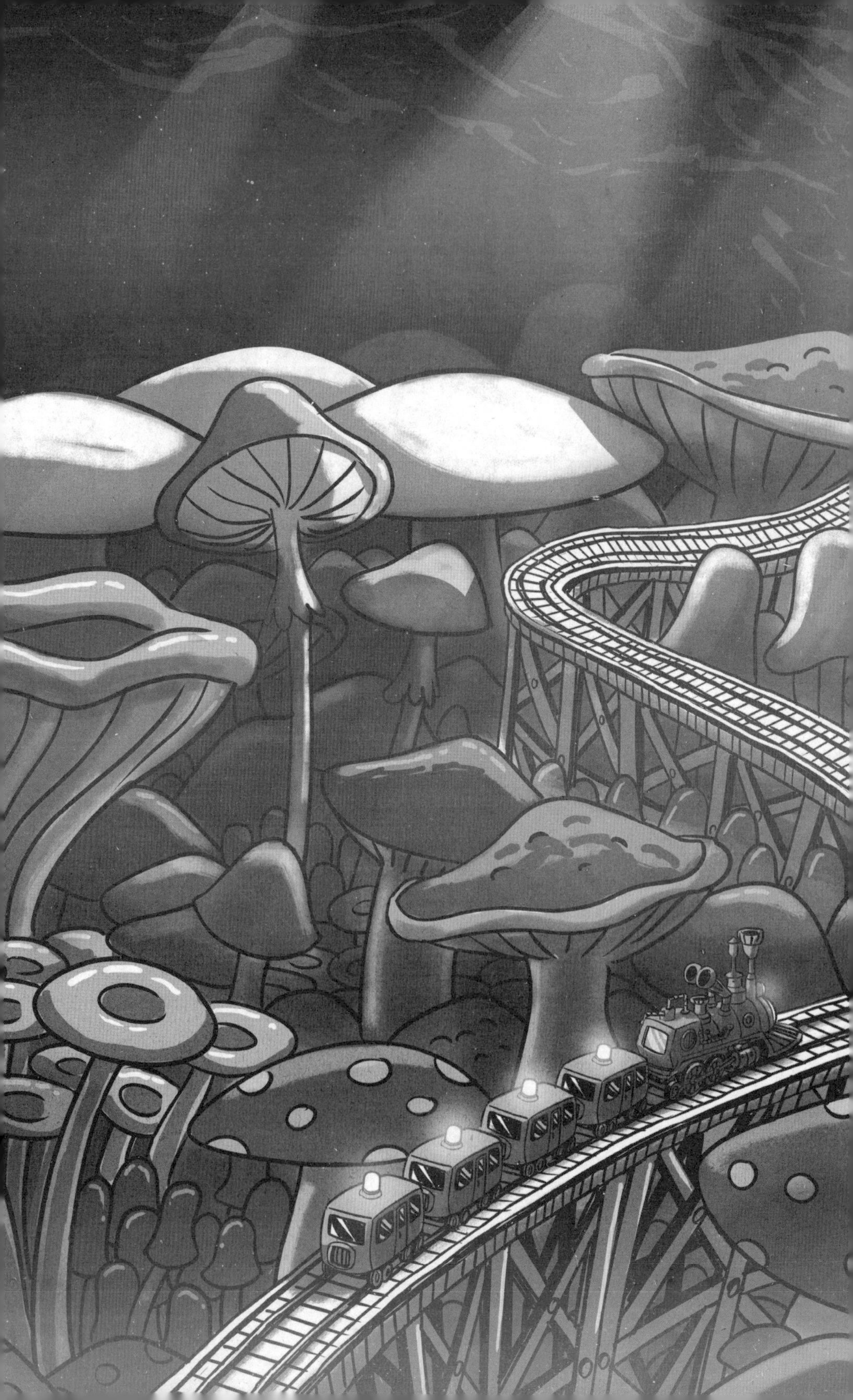

CAPÍTULO

11

O TREM-PÚLVER SAI DE UM TÚNEL DE PEDRA e segue em frente, sacudindo nos trilhos. Lá embaixo dá para enxergar uma vasta extensão de cogumelos até perder de vista. E lá no alto, acima da copa das árvores, raios de luz descem através da superfície, passando pelas rachaduras no solo.

Estou anotando todos os acontecimentos da nossa viagem no meu diário quando ouço a voz da professora Clementine soar nos alto-falantes de novo:

— Bem-vindos à Floresta dos Fungos, turma — ela diz. — Um vasto domínio de cogumelos imensos, alguns maiores do que o mais alto dos arranha-céus dos goblins.

— Se vocês olharem à esquerda, no meio da floresta está localizado o Labirinto de Cogumelos, onde inúmeros aventureiros entraram pra não sair mais. Dizem que é o labirinto natural mais intrincado do mundo. Ele abriga uma grande variedade de espécies letais de fauna e flora, algumas das quais ainda não foram descobertas pelos aventureiros. Isso aqui é natureza selvagem no seu esplendor.

Sinto a cabeça girar só de pensar nas criaturas novas e ainda não descobertas. Imagine todas as possibilidades! A aventura! É exatamente por isso que eu quis ser um aventureiro!

— Mas nem sempre foi assim — a professora Clementine continua. — Há muito, muito tempo, a Floresta dos Fungos era dominada pelos gogumelos, uma espécie de povo fúngico que vive nos recônditos mais profundos do bioma. Dizem que o Grande Rei Gogumelo era o portador do poderoso Esplendor de Cristal, uma espada lendária muito poderosa, usada apenas pelos guerreiros mais valiosos da história de Eem.

— Ela tá falando sobre o Mike, o Magnânimo Mandachuva — diz o Oggie, me cutucando.

— E com o Esplendor de Cristal, o Rei Gogumelo enfrentou as feras ferozes que viviam aqui e dominou a floresta. Por séculos, os gogumelos viveram em paz. Mas aconteceu uma grande calamidade, e a espada desapareceu. A Floresta dos Fungos voltou a ser um ambiente selvagem, tal como é hoje, e o povo gogumelo se recolheu às suas casas escondidas nas profundezas do Labirinto de Cogumelos. É o que diz a lenda… — conta a professora Clementine.

Não consigo parar de anotar tantas informações no meu diário. De canto de olho, vejo o Zeek espiando o que estou fazendo.

— O que você tá escrevendo, Cusperson?

Tento pegar o meu diário de volta, mas o Zeek enfia a sua mão magrela no meu rosto.

— Devolve! — eu ordeno.

— Sem chance, Cusperson! Axel, ouve isto. — O Zeek começa a ler, fazendo uma voz ridícula, tentando me imitar: — "Sinto um arrepio na espinha quando o monstrengo aracnídeo gigante olha pra mim. Vejo o meu reflexo horrorizado quadruplicado nos olhos dele. Engulo em seco. Eu tenho *pavor* de aranhas."

Os dois caem na gargalhada.

— Que chorão! — o Axel zomba.

— Você não tem jeito mesmo, Cusperson. — O Zeek quase chora de rir.

— Dá pra vocês dois pararem? Devolvam de uma vez — diz o Oggie.

— E olhe esses desenhos patéticos. — O Axel aponta. — Foi você que desenhou, cabeção?

O Oggie se levanta, mas o Axel o chuta, e ele cai de volta no banco onde estava sentado.

— Calma, calma! Saca só! — O Zeek racha o bico ao virar as páginas do caderno. — CARAMBA!

E aí acontece o que eu temia. Pior pesadelo número três.

"A única coisa é que a Daz é meio na dela. E assim é meio difícil conhecê-la de verdade. E eu queria muito conhecê-la melhor, porque... sabe, né. Eu meio que gosto dela. Gosto tipo de gostar mesmo, entende?"

Sinto como se uma faca afiada me cortasse e como se o meu rosto estivesse pegando fogo. Cruzo o meu olhar com o da Daz.

— Que babaca! "Eu meio que gosto dela"! — Zeek tira sarro, triunfante. — Que ridículo!

— Tenho uma coisa pra te contar, meu chapa. — O Axel enxuga os olhos. — A Daz é muita areia pro seu caminhãozinho.

Eu finalmente consigo tirar o meu diário da mão do Zeek, mas os dois valentões não param de rir.

Sinto os meus olhos se encherem de lágrimas. Mas NÃO vou dar ao Zeek a alegria de me ver chorando, então fico encarando o chão. Não quero nem olhar pra Daz agora. Ela provavelmente está mais envergonhada do que eu.

E aí, do nada, ouvimos um BUM! e o barulho de algo quebrando.

O trem-púlver chacoalha forte. Todo mundo na locomotiva fica apavorado quando começamos a balançar de um lado pro outro. Não sei o que tá acontecendo. Ouço um barulho de metal assustador e o guincho de alguma fera repugnante. E, por meio segundo, olho pra fora da janela e tenho a impressão de ver um animal. Alguma coisa sombria e enorme vindo com tudo pela floresta.

E é aí que as coisas viram de cabeça para baixo.

De repente, o nosso trem-púlver descarrilha, e o tempo parece parar. Vejo a outra parte do trem-púlver, com a professora Clementine e todos os outros, cair dos trilhos, mas os nossos vagões se separam. Uma chuva de estilhaços de madeira cai sobre nós, vinda do local onde os trilhos se partiram e desmoronaram.

Sabe aquele clichê que diz que a sua vida passa diante dos seus olhos? Bom, é verdade. Vejo a minha família perfeitamente na minha mente. Vejo a minha mãe e o meu pai na cozinha preparando um banquete de langrogos. Vejo o Chip, o Flip e o Kip e eu correndo até uma árvore em um dia frio de outono.

E aí o meu mundo todo se encolhe e eu percebo que estou no trem-púlver, caindo no chão. Não consigo ver nada além das expressões apavoradas dos meus amigos enquanto capotamos. O Oggie segura na minha mão, e nós nos agarramos aos nossos cintos, como se a nossa vida dependesse daquilo.

Antes de desmaiar, dou mais uma olhada pra Daz, e por um momento penso que talvez não seja tão ruim assim que ela saiba que gosto dela.

CRASH!

CAPÍTULO 12

A MINHA CABEÇA GIRA. HÁ POEIRA POR TODO LADO, O que ofusca a minha visão. Ouço barulhos, mas tudo parece abafado, como se eu estivesse debaixo d'água.

— Que lugar é este? — resmungo, tentando me levantar do chão.

O meu pé tá preso entre dois pedaços de madeira partidos. Consigo me livrar daquilo sem torcer o tornozelo.

— Pessoal, vocês estão bem?

— Sim, acho que estamos todos bem — o Oggie diz, passando a mão na cabeça.

— O que houve? — A Daz tira a poeira de cima do corpo. — O trem-púlver descarrilhou ou...?

— Esses trens não descarrilham assim — eu afirmo. — Será que fomos atacados?

A Daz franze as sobrancelhas.

— Tipo uma sabotagem?

— Acho que não. Penso que algo destruiu os trilhos. Alguma criatura. — A Mindy parece estar melhor do que todos nós. Aquela mochila enorme deve ter amortecido a queda.

— É, eu também vi. Era ENORME — Oggie acrescenta, tirando a poeira do pelo. — A coisa se jogou nos trilhos e de repente, BAM! Os trilhos já eram.

Coço a cabeça. Talvez eu tenha visto uma fera. Será que é possível?

— Teria que ser uma criatura MUITO gigante.

— Podem ter sido aquelas árvores-cogumelos tombando. — A Mindy mostra ao redor.

Há cogumelos gigantes à nossa volta, com os seus chapéus esponjosos enormes tampando o teto da caverna, centenas de metros acima. Esporos coloridos e achatados flutuam no ar, como flocos de neve verdes e azuis de formato estranho, pairando entre cogumelos retorcidos de cores vibrantes e fungos redondos gigantes com cavidades enormes.

— Na minha opinião, alguma coisa *fez* as árvores-cogumelos caírem — a Daz responde. — Pensando bem, eu vi mesmo algo se mexendo.

A Mindy cerra os olhos e olha pro horizonte com fungos a perder de vista.

— Bom, seja lá o que for, precisamos encontrar os outros. A professora Clementine saberá o que fazer.

— Onde eles estão? — eu pergunto.

— Pois é, onde está todo mundo? Espero que ninguém esteja machucado… — A Daz é interrompida de repente por um barulhão, seguido da voz de alguém gritando.

— Socorro! Me tirem daqui!

— É o Zeek! — Eu mergulho em uma nuvem de poeira e encontro o Axel fazendo força pra tirar uma viga de metal de cima do Zeek.

— Aqui! Precisamos de ajuda! — grita o Axel.

Sem hesitar, corremos pra ajudar e nos posicionamos debaixo da viga.

— Prontos? — eu grito. — Ergam quando eu falar três. Um. Dois. TRÊS!

Com toda a nossa força, o Axel, o Oggie, a Mindy, a Daz e eu conseguimos erguer a viga. O metal range, e conseguimos levantar só alguns centímetros do chão.

— Você consegue deslizar e sair por baixo? — pergunto, cerrando os dentes. Está pesado demais. Provavelmente seria impossível erguer aquilo sem o Oggie ou o Axel.

— Acho que sim! — O Zeek se esquiva e sai de baixo dos destroços, soltando um ganido. — Consegui!

Ele se joga de costas no chão, com os braços abertos e ofegante. Nós soltamos a viga, causando um estrondo.

— Zeek, você se machucou? — eu pergunto, apalpando o corpo dele em busca de ferimentos.

— Sai de cima de mim, Cusperson! — o Zeek grita, me empurrando, e se levanta de repente, com um olhar espantado no rosto.

107

— Que maravilha! Estamos ferrados!

— Não, não! PIOR do que ferrados!

— Estamos PERDIDOS E FERRADOS!

— Socorro! SOCORRO! — o Zeek berra a plenos pulmões, balançando os braços e andando pra lá e pra cá. — Alguém está me ouvindo? Professora Clementine! Senhor Quelíceras!

— Acho que deveríamos falar mais baixo...

— Falar baixo? Sério? Precisamos fazer BARULHO, isso sim! Como é que vão nos encontrar?

— Já chega, Zeek! — O Oggie perde a paciência. — A Daz tem razão. Não sabemos o que foi que destruiu o trilho. Não podemos chamar atenção.

— Precisamos nos acalmar e pensar direito — eu digo. — Não sabemos o que tem por aí. Pode haver um monstro gigante prestes a…

GRUUUUUUUAAAAAAAARR!

A palavra "atacar" é totalmente abafada pelo rugido mais alto que já ouvi na vida. Tudo que é ruim ainda pode piorar, não é?

Primeiro, o acidente com o trem-púlver no meio da Floresta dos Fungos, e depois, toda a nossa turma se perde. E agora tem um monstro gigante à espreita. Provavelmente doido pra comer carne humana.

— Hum. Nada bom. — O Oggie engole em seco.

— Rápido, peguem as suas coisas e corram! — eu grito.

Apanhamos o que conseguimos em meio aos destroços e saímos correndo pela selva, tentando nos afastar do barulho do rugido da fera. Passamos correndo ao lado dos talos dos fungos e saltamos por cima dos chapéus pontilhados e esponjosos dos cogumelos. Depois de um tempo que parece uma eternidade, a gente se esconde em um cogumelo esquisito que parece um trepa-trepa. Os cogumelos-árvore estremecem juntos, tipo uma tromba d'água, e o chão retumba cada vez mais, a cada passo que a fera dá.

BUUM, BUUM, BUUM!

Todos ficamos em silêncio. Posso sentir a tensão aumentar ao notar que aquela coisa que estava se movendo na Floresta dos Fungos parou de se mexer. Não tenho certeza, mas acho que ouvi o som de um animal enorme inspirando e expirando. Ele deve estar atrás de nós!

Em algum lugar lá em cima, ouvimos uns passinhos saltitantes. Todos nós seguramos a respiração, esperando o pior, quando um dos insetos vermelhos, brilhantes e com jeitão de siri que eu tinha visto antes começa a descer rastejando. Ficamos olhando para ele. Ele olha para nós, sem piscar aqueles olhos pretos, balançando a cabeça. De repente, ele pula na perna do Zeek!

Os olhos do Zeek travam olhando pro inseto, e ele congela. Seu rosto empalidece, e ele revira os olhos. Por um segundo, penso que vai desmaiar, mas aí ele começa a gritar.

Eu cubro a boca do Zeek com a mão.

— Shhhhhh! — Em desespero, eu o faço se calar.

Mas o Zeek se solta de mim e grita a plenos pulmões. Aquele inseto pula de novo, mas dessa vez Zeek o estapeia, e o inseto sai voando tonto, até cair no chão.

POC!

— Ufa, essa foi por pouco. — O Zeek ri, nervoso, e vê que o encaramos de cara feia.

De repente ouvimos o barulho estrondoso de uma árvore-cogumelo caindo, e centenas daqueles insetos vermelhos que estavam escondidos saem saltitando pra todo lado no chão da floresta.

RUUUUUUAAAAAAAR!

TOMP

E então vem um redemoinho de poeira destruidor trazendo o MONSTRENGO ENORME.

A fera que nós todos temíamos aparece pisoteando forte e solta um rugido. Então, ela abocanha uma porção de insetos e os engole inteiros!

— Não acredito... — A Daz se aproxima, falando em um sussurro: — É uma rugifera...

A criatura monstruosa abre sua bocarra imensa pra fazer caber mais dois sirinsetos e solta um rugido, o que imagino que signifique que ela esteja se deliciando ao engolir os bichinhos. A fera se vira, e a sua cauda gigante derruba outra árvore-cogumelo, que ela arremessa pra longe com um golpe com o quadril. Deixando uma trilha de pegadas com garras assustadoras, a rugifera se manda pra dentro da mata fechada.

Estamos todos em silêncio profundo, quando o Zeek dá um pulo, erguendo as mãos.

— Eu vou cair fora daqui!

— Ele tem razão — eu digo aos outros. — Precisamos pegar as nossas coisas e seguir na direção da ferrovia, assim teremos mais chances de encontrar o resto da turma.

— E onde fica isso?

— Eu... eu não sei bem, Oggie — confesso.

— Nós demos algumas voltas. — A Mindy ajusta a mochila enorme.

— Bom, creio que conseguiremos encontrar, se trabalharmos em equipe — sugiro.

— Sem chance — o Zeek afirma. — Só o Time Vermelho.

— Como é que é?

— Só o Time Vermelho. De jeito nenhum que nós vamos montar um time com vocês, seus otários. Vocês só vão nos atrasar — o Zeek zomba. — Vocês que se virem.

— Que bobagem é essa?! — eu grito. — Isso não é o Desafio Final, Zeek. Precisamos trabalhar em equipe. Princípio cinco do Código do Aventureiro: nunca se separar do grupo!

— O Coop tem razão. — A Mindy ajeita os óculos e dá um passo à frente, parando ao meu lado. — Precisamos combinar as nossas habilidades.

— A gente deveria ficar junto mesmo. — O Oggie empunha o escudo de dragão.

— Ah, é? — O Zeek solta um grunhido. Ele tira o cantil da minha mão e o esvazia na minha frente. — Eu vejo isso como uma guerra. Time Vermelho contra o Time Verde. Vocês são um atraso de vida.

> A gente até que podia ficar.

> Quieto, Axel. Vamos embora.

O Zeek começa a se afastar, mas eu coloco a mão no ombro dele.

— Zeek, nós estamos no mesmo time.

— Não encosta em mim! — O Zeek tira a minha mão e me empurra, me fazendo cair no chão.

Eu fico tãããão bravo que começo a ver estrelinhas vermelhas.

— Coop, não faça isso! — o Oggie grita, mas eu me levanto rápido e corro na direção do Zeek.

— Qual é, vai querer brigar agora? — O Zeek dá um sorrisinho besta.

Se eu quero brigar? O Zeek é magrelo, mas é mais alto do que eu. E nunca briguei com ninguém fora dos treinos na aula de Táticas e Combate. Mas tenho que me defender, né? Não posso deixar o Zeek me azucrinar pra sempre. Por que ele tem sempre que agir assim?

— Pode vir, Cusperson. Dê o seu melhor — O Zeek finge dar um bocejo e empina o queixo. — Venha, quero ver você me dar um soco. Ou vai ficar aí parado feito um banana?

— Por que vo-você tem que ficar provocando o tempo todo? — pergunto, gaguejando. Meus punhos estão cerrados, mas não consigo erguê-los.

— "Por que vo-vo-você tem que ficar provocando o tempo todo?" — o Zeek repete, tirando sarro, e me agarra pela camiseta. — Talvez porque um humano inútil de beira de rio feito você não devesse ter entrado na Escola de Aventureiros. Você vai ser um fracasso, igual ao Dorian Ryder. Só que ainda não sabe disso.

— Deixa o garoto em paz, Zeek! — A Daz se aproxima. — Quantas vezes vamos ter que repetir isso antes de você entender o recado?

— Fica fora disso, Daz — eu digo. — Deixa comigo. — Essas palavras saem da minha boca, e sei que parece que não sou eu que estou falando, mas é que estou com vergonha. E muito nervoso. Percebo que a Daz acha aquela minha atitude estranha.

— Escute a sua namoradinha, Cusperson. — O Zeek sorri com aqueles dentes afiados.

— Você não me-me assusta, Zeek — gaguejo de novo, mas dessa vez estou me controlando pra não chorar.

— Mesmo? Você não tá assustadinho?

Vejo que o Zeek prepara os punhos e, antes de eu poder desviar, ele acerta bem no meu nariz. **CREC**. Sinto um jorro de sangue sair e caio de joelhos.

E então eu começo a chorar mesmo. Sinto lágrimas correndo no meu rosto e sangue escorrendo do meu nariz.

O Zeek bufa e cospe no chão antes de colocar a mochila nas costas e começar a caminhar.

— Vamos logo, Axel. Por mim, o Cusperson e o Time Verde todo podem ficar aqui apodrecendo.

O Axel olha pra trás e dá de ombros. O druxo só consegue dizer um "tchau", e então desaparece com o Zeek dentro da Floresta dos Fungos.

— Você tá bem, Coop? — O Oggie se abaixa no chão. Ele me ajuda a me levantar, e eu limpo o sangue do nariz.

— Aquele moleque não é só um babaca. Ele é tipo... o rei de todos os babacas.

A Daz me alcança um lenço.

— Tome aqui, Coop.

— Valeu.

— Fala sério. Ele quer que a gente apodreça. Eu quero mais é que ele caia num poço e seja devorado pela rugifera!

— Oggie! — a Mindy o repreende. — Que coisa horrível de se dizer. Não que eu não entenda os seus motivos...

— Vamos torcer pra que eles fiquem a salvo. — Eu me recomponho.

A Daz acende uma tocha. A chama ilumina e crepita no ar úmido.

— Falando em ficar a salvo, é melhor a gente se mexer. Não temos como saber se a rugifera vai voltar.

> VOCÊS VÊM OU NÃO?

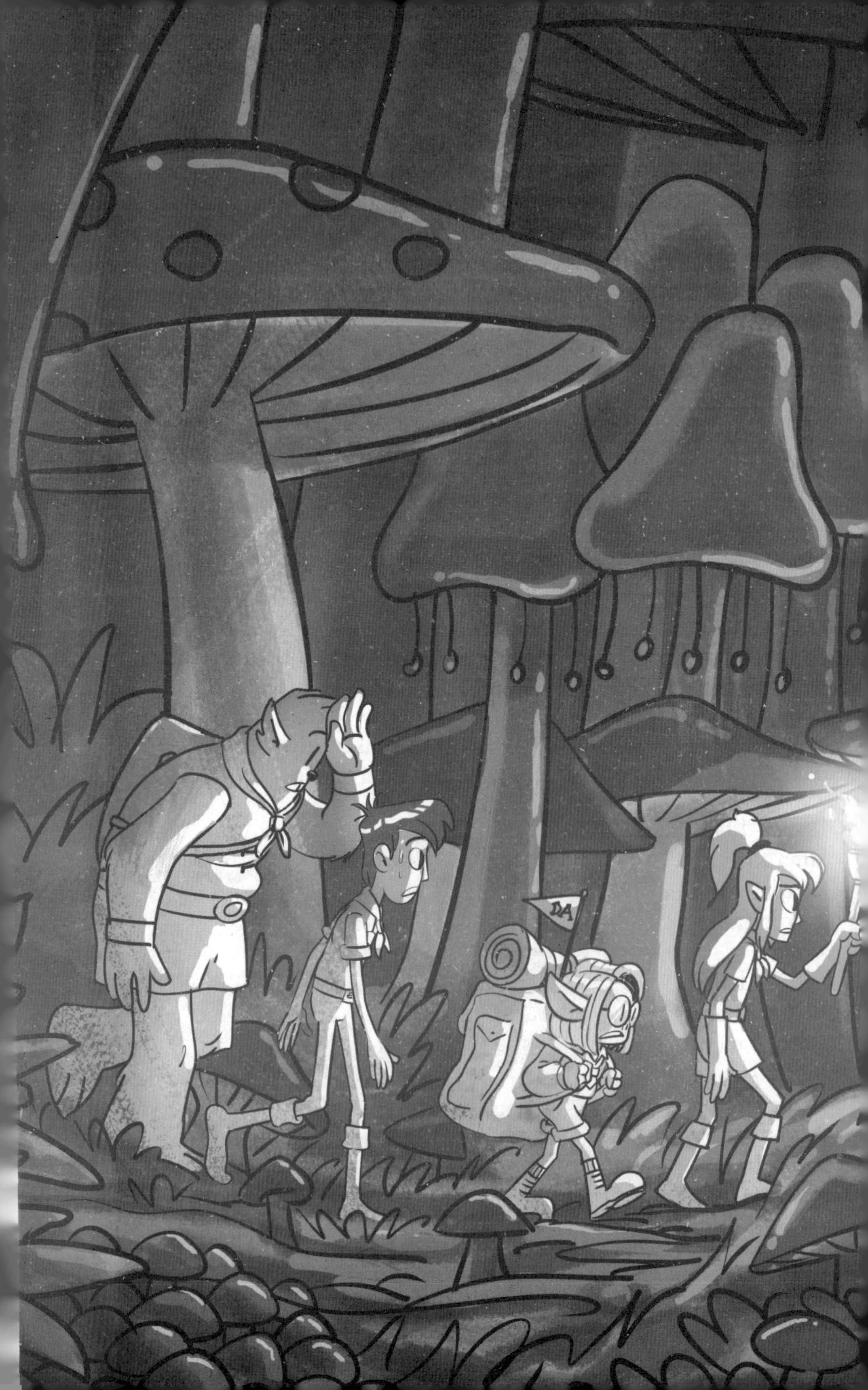
DA

CAPÍTULO 13

— ESTAMOS ANDANDO EM CÍRCULOS HÁ HORAS — choraminga o Oggie. — Não deveríamos ter encontrado a ferrovia a essa altura? Estou começando a ficar com fome.

— É, deveríamos. — Eu pulo por cima de um chapéu de cogumelo cheio de pintinhas. — Mas não dá pra ver nada com todas essas árvores-cogumelos tapando a vista. Talvez devêssemos dar meia-volta e ir pro Norte. — Eu me viro, parado no lugar. — Ou o Norte fica pra lá?

Olho em volta e não consigo imaginar onde estamos. Os caules enormes das árvores-cogumelos sobem pelo ar, cheios de pintinhas vermelhas e alaranjadas. Elas são como árvores, mas em vez de terem folhas ou galhos, têm chapéus de cogumelo gigantescos coroando-as no topo. As estranhas lamelas balançam suaves ao vento, quase como se estivessem respirando. Eu vejo os esporos flutuarem no ar como flocos de neve, girando nas suas gavinhas e soltando um cheiro que parece de pão fresco. Sinto o estômago roncar. Sinto saudade de casa.

— É, meus chapas, estamos perdidos. — A Daz suspira. — Ao fugir daquela rugifera, acabamos indo pro caminho errado.

— Não estamos perdidos. — A Mindy está consultando a bússola e um mapa improvisado que ela rabiscou. — Ou melhor, *estamos* perdidos, mas eu sei exatamente *onde* nós estamos perdidos.

— Mindy, isso não faz nenhum sentido — o Oggie reclama, se jogando sentado em cima do chapéu de um cogumelo.

A Mindy olha sério pro grupo, um de cada vez.

— Acho que estamos perdidos no Labirinto de Cogumelos — ela anuncia.

De repente, sinto a boca seca e me lembro de que o Zeek jogou fora toda a minha água.

— O Labirinto de Cogumelos? O lugar onde os aventureiros entram pra nunca mais sair? *Esse* Labirinto de Cogumelos?

— Tem certeza? — pergunta a Daz, tão preocupada quanto eu. — Você entende que, se isso for verdade, estamos encrencados?

— Eu sei, Daz, mas ao observar os fungos enquanto andávamos, notei que alguns dos cogumelos correspondiam às espécies raras que dizem que só são encontradas no Labirinto de Cogumelos.

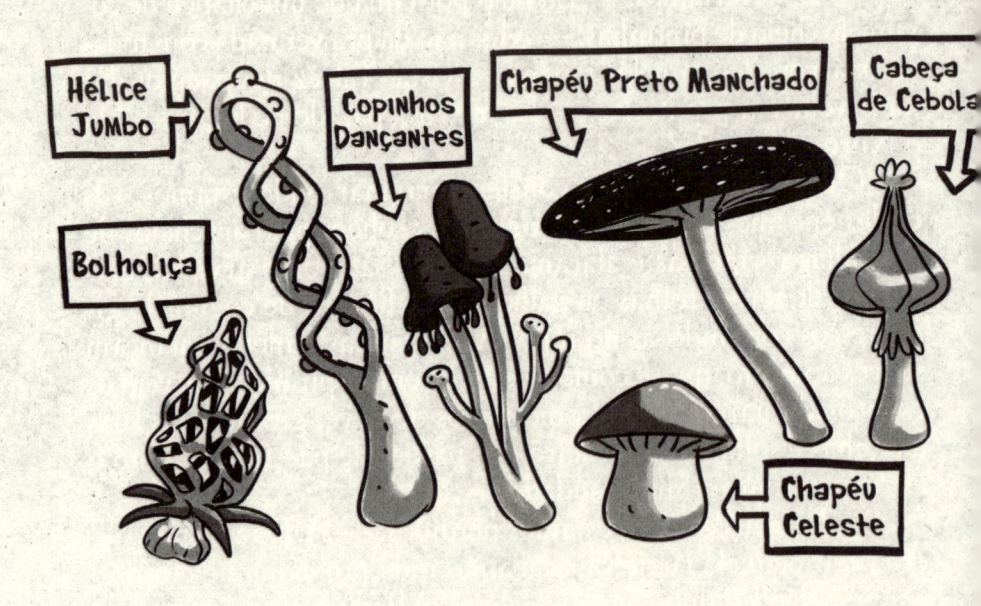

Hélice Jumbo

Copinhos Dançantes

Chapéu Preto Manchado

Cabeça de Cebola

Bolholiça

Chapéu Celeste

— Então o que isso quer dizer? Vamos acabar perdendo o almoço, não vamos?

— Almoço?! Você tá preocupado com o almoço, Oggie? Os nossos problemas aqui são bem mais sérios do que o almoço.

— Qual problema, Daz? O jantar? Você não acha que vamos perder o JANTAR, né?

— Oggie, sem choro. Eu trouxe uns sanduíches, tá legal? — A Mindy vasculha a mochila. Depois de um tempo, ela franze as sobrancelhas. — Peraí, onde foram parar?

O Oggie morde o lábio, sem jeito.

— Você tá falando dos sanduíches de manteiga de amendoim e geleia de mungo? É que... eu meio que já comi.

— Você fez o quê?! — Mindy deixa escapar. — Como? Quando? Tinha quatro sanduíches, Oggie!

— Eu sei... é que... é que eu fiquei nervoso. E quando fico nervoso, fico com fome e começo a comer tudo o que aparece pela frente. E quando me dei conta, os sanduíches já estavam na minha barriga.

— E você *ainda* tá com fome? — A Mindy balança a cabeça, sem acreditar.

— Bom, claro. Eu ainda tô nervoso, né?

— Não sei se você tá entendendo como a nossa situação aqui é séria. — A Daz respira fundo.

— Eu sei que é sério ficar sem comida — o Oggie afirma. — A gente precisa de comida pra viver, Daz. Vamos usar o cérebro.

— Eu *estou* usando o cérebro, mas não posso dizer o mesmo sobre você! Se ainda não percebeu, nós estamos perdidos. Sem comida, sem lugar pra ficar...

— Ei, deixem disso. — Eu me intrometo entre o Oggie e a Daz. — Nada de ficar nervosos. Estamos nisso juntos, não é? Princípio nove do Código do Aventureiro: cabeça fria sempre vence. Vamos nos manter calmos e serenos.

A Daz tá quase gritando com o Oggie, mas ela se controla e respira fundo de novo.

— Tá bom — acaba por dizer.

O Oggie olha pra baixo e arrasta o pé na terra.

— Desculpe por ter comido os sanduíches, Mindy...

— Deixa pra lá. Já passou.

— Certo. — Eu bato as mãos. — A nossa prioridade é manter o time junto e voltar pra um lugar seguro.

— Concordo! — O Oggie se endireita, e um barulho alto escapa da barriga dele, meio que como se tivesse um filhote de rugifera preso lá.

Ninguém consegue segurar a risada, nem o Oggie.

— Vamos procurar comida — a Mindy sugere. — Na biblioteca, eu fiz algumas anotações sobre cogumelos comestíveis. Só precisamos tomar cuidado.

— Vamos lá, líder destemido — a Daz se dirige a mim, me pegando de surpresa.

Eu me viro pro Oggie e pra Mindy, que também me olham, na expectativa. Eu? Líder? Vamos deixar de lado a parte do destemido, porque sabemos que isso não é verdade. Mas todos eles parecem estar esperando que *eu* vá na frente.

— C-certo — eu digo. — Em frente.

Passamos mais ou menos uma hora abrindo caminho pela vegetação até que a Mindy avista um cogumelo comestível que ela havia anotado na lista. Um cogumelo pequeno, fofinho e com um chapéu azul-bebê. Eu não curto muito comer cogumelos, mas até que esse parece apetitoso.

— Creio que esses são os Chapéus Celestes — a Mindy informa. — Dizem que um só é suficiente pra deixar a barriga cheia o dia todo.

O Oggie tira um da terra.

— Talvez eu devesse comer alguns. Sabem como é, apetite de bicho-papão...

Ele está prestes a morder o cogumelo quando de repente...

— Ele tem rosto! — o Oggie exclama, cambaleando pra trás. — O cogumelo tem rosto!

No chão, vejo que todo aquele bando de cogumelos está chorando ao mesmo tempo. São bebezinhos!

— Ops! Talvez esses não sejam os Chapéus Celestes — diz a Mindy.

— Agora que você diz isso? Eu quase comi, tipo, uma pessoa! — Oggie solta o cogumelinho.
Começamos a nos afastar, mas antes de conseguirmos sair dali, um monte de armas de cristal surge dos arbustos à nossa volta. E quem tá segurando as armas são criaturas que parecem cogumelos ambulantes. Eles têm pernas e braços compridos e umas carinhas sob as cabeçonas em forma de cogumelo.
— Ai, ai... — a Mindy murmura. — Pelo jeito, encontramos os gogumelos! E eles não parecem muito simpáticos.

CAPÍTULO

14

— UI! — SINTO UMA PONTA AFIADA ME ESPETAR. — Cuidado aí, cara!

Nós erguemos as mãos, nos rendendo. Os gogumelos confiscam as nossas coisas e apontam aquelas armas brilhantes e pontudas para os nossos rostos.

Um guarda gogumelo me cutuca outra vez com uma acha pontiaguda e me empurra pra frente. O gogumelo me fuzila com os seus olhos turvos debaixo da sombra da aba do seu chapéu.

Todos nos dão ordens ao mesmo tempo em uma língua estranha que não conseguimos entender. *"Burga mago! Burga mago!"* As vozes deles são estridentes e esganiçadas, como o barulho de sapatos pisando na lama.

"Burga mago! Burga mago!" Os gogumelos nos conduzem, fazendo curvas e mais curvas, por um labirinto de velhas árvores-cogumelos de troncos compridos e retorcidos que sobem até o céu da caverna. Umas flores roxas esquisitas com cheiro de alcaçuz brotam e soltam dezenas de gavinhas cheias de esporos ao passarmos. Tenho uma sensação estranha de que há olhos nos observando por toda parte, como se a própria Floresta dos Fungos tivesse ganhado vida.

— O que você sabe sobre esses gogumelos, Mindy? — pergunto baixinho.

— Não muito. Só sei que eles vivem isolados — ela diz, animada. — Parece que estão nos levando pra cidade escondida onde vivem. Maneiro, né?

— Você disse "MANEIRO"? — o Oggie interrompe, resmungando.

— Ah, não a parte de sermos prisioneiros — a Mindy responde. — Mas é maneiro que a gente tenha se encontrado com eles. Essa é a graça da exploração! Princípio um do Código do

Aventureiro: Descobrir novas formas de vida e civilizações perdidas! Esse é um caso raríssimo! Até onde sei, nós podemos ser os primeiros visitantes que eles recebem em cem anos!

— Preciso admitir, é realmente maneiro — eu digo, sentindo uma alabarda encostar nas minhas costas.

Os gogumelos nos fazem passar sob um arco de pedras envolto por pedaços de cogumelos coloridos. De longe, vejo fileiras e mais fileiras de casas cogumelos que parecem brotar do chão e subir até o alto, pairando sobre as ruas abarrotadas.

— Que cheiro é esse? — A Daz ergue uma sobrancelha.

— É tipo cheiro de alcaçuz — afirmo.

— Não, parece cheiro de cozido. — A Daz fareja o ar.

— Eu senti — o Oggie diz, cafungando. — Que delícia. Parece guisado de jacaré ou sopa de peixe-sabre!

— Bom, não tenho ideia do que eles querem de nós, mas aposto que não vai ser nada bom. — A Daz aponta pra frente.

— *Burga mago! Burga mago!* — os nossos sequestradores gogumelos gritam juntos, cutucando-nos cada vez mais furiosos com suas armas.

De repente, abre-se diante de nós uma clareira onde estão reunidos muitos outros gogumelos! Parece que todos saíram das suas casas e vieram às ruas pra nos cumprimentar. Pode ser que eles sejam mais legais do que parecem... né?

— Uau! Que cheiro gostoso! — O Oggie lambe os beiços. — Será que eles vão nos convidar pro almoço?

De trás de uma construção gigantesca feita a partir do caule verde vivo de um cogumelo em formato de funil surge um gogumelo grandão e cabeçudo que vem avançando na nossa direção. Enrolado em uma fita colorida e cheio de pendurricalhos e joias, aquele gogumelo parece um tipo de líder ou ancião.

— Precisamos nos comunicar com eles. — Eu dou um passo à frente, assustando os guardas gogumelos, que se agrupam à minha volta, sacudindo os bracinhos compridos.

O gogumelo ancião bate o cajado, e todos os ornamentos sacodem.

— Vocês... são traidores das leis que governam o Reino Gogumelo. Vocês tentaram devorar as nossas crianças. — A voz do ancião soa profunda, mas abafada e apagada, como se estivesse falando por trás de uma parede.

— Você sabe falar a nossa língua! — exclamo.

— Sim, falar a sua língua é fácil pra nós — o ancião responde. — E, como punição, iremos devorá-los.

— Calma, calma, calma! — eu grito, agitando as mãos. Qualquer coisa pra ganhar tempo. — Nós não comemos as suas crianças. Foi um mal-entendido! Nós achamos que fossem só uns cogumelos. Tipo de comer, sabe? Tipo de colocar na salada!

— Salada nós não somos — o ancião afirma, categórico. — Mas vocês vão virar sopa. Essa é a lei.

O guarda gogumelo nos pega pelo braço e, marchando, nos leva até um caldeirão fervente. Sentimos uma rajada de vapor no rosto, tão quente que precisamos virar pro outro lado. O Oggie e a Daz lutam pra se livrar dos guardas, mas são muitos os gogumelos a segurá-los. A Mindy, por sua vez, está praticamente catatônica! Ela está lá parada, percorrendo tudo com o olhar como se o cérebro estivesse em parafuso.

— Esperem! — eu imploro. — Um último pedido.

— Não será concedido — responde o ancião. — Devoradores do alto, é isso o que vocês são! Terríveis como a fera... aquela que chamamos de Zaraknarau!

Todos os gogumelos se espantam ao ouvir o nome Zaraknarau.

— Zaraknarau? — eu pergunto, mas os gogumelos se assustam de novo quando me ouvem falar. — Ah! Vocês estão falando da rugifera!

— Zaraknarau — repete o ancião. — O terror do Labirinto de Cogumelos. Devorador de gogumelos. Devorador de goblins e duorgues. Zaraknarau, o Destruidor! — Os penduricalhos sacodem quando o ancião ergue os braços. — Silêncio, agora!

Os gogumelos se apressam e nos levam à escada que sobe até a boca da panela fervilhando.

Ao olhar pra baixo, vejo o cozido borbulhando.
— E aí, Time Verde! — eu grito. — Alguma ideia genial?
— Sei não, Coop! — choraminga o Oggie.
A Daz se contorce.
— Vamos, pessoal!
Os gogumelos estão quase nos empurrando pra dentro do nosso destino escaldante quando vejo algo nos olhos da Mindy.

> MIKO MORGA MEGALOMUNGO!

Os gogumelos paralisam. O ancião paralisa.
A Mindy sorri sozinha e repete as palavras pro ancião:
— Miko Morga Megalomungo. Solicito uma negociação real em nome do Grande Rei Gogumelo!
Soltando um grunhido, o gogumelo ancião ordena aos guardas que nos soltem, e descemos as escadas correndo.
— Mandou bem, Mindy! — O Oggie dá um abraço nela.
— Bom trabalho — a Daz comemora.
Mas antes que terminássemos de comemorar, o gogumelo ancião ergue as mãos.
— Uma negociação real é o que você solicita. Vamos ouvi-los. Mas livres vocês não estão.
— E agora? — a Mindy sussurra na minha direção.

E, de repente, eu tenho uma ideia.
— Por favor, ouça-me. — Eu olho firme nos olhos do ancião. — Não era nossa intenção ofendê-los. Só queremos encontrar uma forma de conquistar a nossa liberdade.
— Fale — exige o ancião.
— Vamos caçar o Zaraknarau e, em troca, vocês nos libertam.
Foi uma jogada ousada, não foi? O que poderia ser melhor do que prometer matar um monstrengo gigante, perigoso e com fama de implacável? Mas quer saber? Talvez nós possamos ajudar os gogumelos.
Eles ficam chocados, em silêncio.
— Vocês se oferecem pra caçar o Zaraknarau... Essa é a sua proposta. — O gogumelo ancião inclina o cabeção pro lado.
— Exato — eu digo, com confiança e estufando o peito.
— Ahm... Coop? O que você tá dizendo? — O Oggie brinca com os dedos, nervoso.
Percebo que a Daz e a Mindy também não estão lá muito confiantes com a minha decisão de última hora.
Mas antes de eu responder, a voz do ancião ecoa:
— Uma proposta corajosa. Porém, vocês deveriam saber que matar o Zaraknarau é quase impossível. Vocês certamente sucumbirão.
Ouvindo isso, os outros gogumelos gorgolejam com as suas vozinhas estranhas e infernais. O ancião inclina a cabeça e olha de lado. E então, juntos, os demais gogumelos inclinam a cabeça, como se estivessem sincronizados.
Os gorgolejos ficam cada vez mais fortes até que param de repente. O ancião olha de novo pra mim e faz que sim.
— Nós aceitamos a sua oferta.
— Ah, que ótimo! Eles aceitam a nossa oferta. Perfeito! — o Oggie comenta com sarcasmo. — Sendo assim, vamos sair pra caçar e matar a rugifera. Só precisamos esquecer que eles disseram que é MORTE CERTA! Não dá nada. Moleza. — Ele me segura pela gola da camiseta, furioso. — Você PIROU DE VEZ?!
De repente, um gogumelo sério e sisudo dá um passo à frente, saindo da multidão à nossa volta. Ele segura um tridente brilhante, que bate no chão.

— Estrangeiros, é isso o que vocês são na nossa região. E lá fora há muitas ameaças e desgraças. Um guia é do que vocês vão precisar para o Zaraknarau encontrar.

O gogumelo mais velho parece surpreso, e os penduricalhos dele começam a sacolejar.

— Timbo Zama Govadax, nosso mais bravo guerreiro — diz o gogumelo ancião. — Que sorte vocês têm de receber esse gesto de piedade. — O ancião então aponta para os guardas. — Com as nossas armas de cristal vocês se munirão. E elas, assim, os ajudarão.

Os guardas gogumelos nos entregam os seus mastros com lâminas de várias formas. Ao olhar mais de perto, vejo que eles são feitos de fragmentos de cristal reluzentes estilhaçados, formando pontas afiadas.

— Seguir Timbo Zama Govadax é o que vocês farão — o gogumelo ancião ordena. — Guiá-los pelos perigos do Labirinto dos Cogumelos é o que Timbo Zama Govadax fará. Que vocês encontrem a sorte.

Os gogumelos murmuram e gorgolejam na língua deles e se despedem de nós antes de partirmos na nossa jornada pra matar a rugifera. Ou melhor, o Zaraknarau.

> Ahm... até mais, irmãos gogumelos.

— Não sei se isso foi uma boa ideia, Coop. — A Daz examina a arma de cristal nas suas mãos. — Como vamos conseguir honrar a nossa palavra?

— A Daz tem razão. Como o líder deles disse, matar uma rugifera é quase impossível — a Mindy completa.

— Não precisamos *matar matado*. Podemos só aprisioná-la. Ou tirá-la do Labirinto de Cogumelos — eu digo, com a cabeça a mil. — Daremos um jeito.

Um guarda gogumelo devolve ao Oggie o escudo de dragão.

— Ah, peraí, já entendi tudo — o Oggie sussurra. — Nós concordamos em matar o Zarak-não-sei-o-quê... Quando sairmos de perto deles, bastará nos livrarmos do Timbo e dar o fora daqui. Genial, Coop. Isso sim que é cabeça e experiência de aventureiro, pessoal!

— Não, Oggie — eu digo, com toda a sinceridade. — Eles podem ter ameaçado nos devorar, mas foi um mal-entendido. Aqueles gogumelos vivem com medo. Você não vê que eles estão com medo da fera? Se pudermos ajudá-los, então é isso que devemos fazer.

— Nós também estamos com medo, Coop. Assim que sairmos desta cidade, devemos fugir sem olhar pra trás.

— Ninguém vai fugir, Oggie. Nós somos o Time Verde ou não? Além do mais, o princípio onze do Código do Aventureiro é: sempre fazer o que é certo. Mesmo quando as outras opções são mais fáceis.

O Oggie para e pensa no que eu disse.

— Calma lá. Não tem princípio onze no Código do Aventureiro.

— É verdade. Há apenas dez princípios no Código do Aventureiro — a Mindy entra na conversa, com um olhar intrigado.

— É o seguinte, pessoal. Esses gogumelos precisam da nossa ajuda — eu digo. — E vocês têm razão, não tem princípio onze no Código do Aventureiro. Mas acho que deveria ter.

— Além disso, nós estamos perdidos. Talvez o Timbo possa nos ajudar a encontrar o caminho de volta. — A Mindy dá de ombros.

Conduzidos pelo nosso guia gogumelo, chegamos aos limites da cidade gogumelo. Estamos cercados por afloramentos de rocha e teias de fungos que sobem pelos penhascos pedregosos, que brilham por causa da sua composição mineral.

A Daz se vira e me olha com um sorriso determinado.

— O Coop está certo. Nós temos que ajudar.

Viro-me para os outros. A Mindy, muito concentrada, contorce o rosto de tanto pensar. O Oggie batuca com a ponta dos dedos no escudo.

— Eu topo — a Mindy afirma de repente. — Além de ajudarmos os gogumelos, poderemos aprender muito sobre a cultura deles! Vai ser uma experiência científica e sociológica fora de série! — Ela rabisca a localização da cidade dos gogumelos no mapa.

Dirijo-me ao Oggie:

— O que você diz, parceiro?

— Olha, Coop... — Ele faz uma pausa. — Você sabe que é o meu melhor amigo, né? E que eu faria tudo por você...

— O que você quer dizer, Oggie? — pergunto, com o estômago embrulhado.

O Oggie me dá um tapinha nas costas.

— É claro que topo! Vamos nessa!

Ufa! Até sinto as minhas entranhas relaxarem um pouco.

— O que temos a dizer é que não há mais tempo a perder — diz o Timbo Zama Govadax. — Sigam-me, Doutras-Terras.

— O nosso guia-guerreiro, que fala esquisito, como se fosse mais de uma pessoa, aponta com o tridente pro horizonte de pedras e botões de fungos e começa a marchar adiante.

CAPÍTULO
15

E NÃO É QUE O TIMBO ERA BEM CONVERSADOR? SÓ que ele nunca olha pra gente ao falar, e fala de um jeito bem esquisito, rimando tudo, como se fosse um eco.

A Mindy parece ter simpatizado com ele. Ela não para de fazer um monte de perguntas sobre os gogumelos e a sua cultura. Eu me mantenho um pouco pra trás, mas prestando atenção aos comentários empolgados.

— Uau! Então quer dizer que os gogumelos compartilham uma inteligência coletiva? — a Mindy pergunta, animada.

— Precisamente. Mas apenas para conclamar entre a gente — o Timbo responde.

— Conclamar... caramba! Isso é incrível! — a Mindy exclama. — Dá só um tempo, vou anotar isso!

Enquanto caminhamos pela floresta, percebo que estou ao lado da Daz. Pra ser sincero, eu estava meio que evitando falar com ela todo esse tempo... Sabe, né, desde que o Zeek leu o meu diário em voz alta. Droga, nem acredito que aquilo aconteceu mesmo!

Seguindo o passo, olho de lado pra Daz. Ela está com umas manchas de lama no rosto e uns gravetos pendurados no cabelo, mas nem assim fica feia.

Quando ela olha pra mim, eu desvio o olhar.

— O que foi, Coop?

— Ééé... nada.

— *O que foi?* — ela insiste e me encara, e eu não consigo mais desviar o olhar.

As minhas opções são amarelar ou resolver o assunto de uma vez. Tempos atrás o provável é que eu tivesse amarelado, mas venho me sentindo mais confiante ultimamente.

— Sabe... aquela coisa lá no diário — eu digo. — Olha, não era pra ninguém ficar sabendo...

O melhor a fazer é a trilha gogumélica percorrer. Sigam-nos, não podemos nos perder.

A vós hei de agradecer se evitardes morrer.

Para passar, é melhor se abaixar. O corpo irá paralisar se os esporos do zaguemote você tocar.

Mas a Daz me interrompe antes de eu conseguir terminar a frase:

— Não vamos tocar nesse assunto, Coop.

— Mas eu...

— É sério. — Ela para de andar e dá um sorriso sem jeito. — Nós temos coisas mais importantes com que nos ocuparmos, não é?

— É... — digo, sem convicção. É verdade. Temos muita coisa na cabeça. Mas, mesmo assim, isso me parece um assunto sério.

— Além do mais... você deveria ver o *meu* diário. Há um montão de coisas lá que eu também não gostaria que você lesse. — E dizendo isso, ela se vira e continua a caminhar.

Sinto o coração parar de bater por um segundo e penso no que ela acabou de dizer. Isso significa que a Daz escreve sobre MIM no diário dela?! E... calma lá, serão coisas boas ou ruins?

Fico perdido nos meus pensamentos durante todo o resto do caminho até que o Timbo para diante de um penhasco, com um abismo muito extenso, mas pouco profundo. Há uma fileira de pilares de pedra altos no meio daquele terreno coberto de cogumelos. É a nossa única opção de caminho. Eu imediatamente me lembro do Desafio Simulado.

O Timbo aponta e explica, com uma voz anasalada:

— É por aqui que devemos seguir. De uma pedra a outra, saltando com cuidado pra chegar ao outro lado.

— Calma aí... por que precisamos pular? — o Oggie pergunta. — Não podemos descer o penhasco, atravessar e chegar do outro lado? Tem apenas uns cinco metros de altura. E só tô vendo cogumelos no chão.

— O Oggie tá certo — a Daz apoia. — Não precisaríamos nos arriscar a levar um tombo.

Sem dizer nada, o Timbo tira da bolsa algo que parece uma cenoura azul e joga no abismo. O que parecia um campo de cogumelos normais no solo do abismo de repente ganha vida e devora a cenoura como uma matilha de lobos famintos.

— Fungrentos! — diz a Mindy.

— Fungrentos? — eu berro. — Que porcaria é um fungrento?

— São cogumelos carnívoros! Eles ficam adormecidos até sentirem a presença de qualquer coisa orgânica, e aí... bom, vocês viram o que aconteceu com aquele legume. — A Mindy consulta as suas anotações. — Eles não podem se mover porque estão enraizados no solo, mas atravessar um campo de fungrentos é morte certa. As mordidas venenosas fazem a presa dormir, e então todos os fungrentos ao redor ficam agitados e famintos.

— Vixe... — Eu faço uma careta. — Certo, então vamos saltar as pedras.

— Só não faça o que você fez no Desafio Simulado, Oggie, e vai dar tudo certo.

O Oggie se vira pra Daz quando ela diz isso.

— Como assim?

— Bom, foi por culpa sua que eu caí durante o simulado, não foi?

— Como que foi *minha* culpa? As pedras estavam escorregadias por causa do limo. Não posso controlar isso.

— Tá bom, tá bom — eu digo, entrando no meio dos dois. — O que passou, passou. Estamos aqui agora e precisamos trabalhar juntos. É o único jeito pra fazer as coisas darem certo.

Dizendo isso, eu me sinto como meus pais ou como a professora Clementine. Quando foi que eu me tornei o cara mais ajuizado aqui?

A Mindy concorda.

— Se trabalharmos juntos, vai ser moleza.

Vejo que o Oggie engole em seco ao olhar para os fungrentos.

— Aham, molezinha.

O Timbo inclina a cabeça pro lado, obviamente confuso.

— Não entendi, não há nada mole aqui. É uma questão de viver ou morrer.

— Vem atrás de mim, Oggie. — Dou um passo pra trás pra pegar impulso, e consigo pular por cima do buraco com tranquilidade.

O Timbo me alcança, e a Daz vem atrás. A Mindy tira a mochila pra segurá-la nas mãos, deixando as asinhas livres pra voar. Ela atravessa flutuando e para por um instante pra tomar fôlego.

— Vem, Oggie! — grito. — Você consegue! Eu tô aqui!

O Oggie faz que sim. Tomando impulso de longe, ele pula como se nunca tivesse pulado antes. A altura do salto dele é impressionante mesmo. O único problema é que ele deveria ter usado um tanto daquela energia pra ganhar menos altura e mais distância. O Oggie consegue pisar na plataforma com só um dos pés, e por um momento, ele cambaleia na beira da pedra.

Mas eu consigo segurá-lo pelo braço enorme e puxá-lo até um lugar mais seguro.

— Viu? Não foi tão difícil, né? — eu digo.

O Oggie suspira.

— Ah, claro. Mais um milímetro e eu teria virado um petisco pra esses cogumelos devoradores de gente. Mas não foi nada.

O resto do grupo já havia chegado à metade do abismo quando o Oggie alcança a segunda plataforma. Mais aí ele começa a pegar o jeito da coisa.

— Olha pra mim, Coop! Legal, né?

— Você tá indo bem, Oggie! — eu grito pra ele.

O Oggie para, com um ar triunfante, preparando-se pro próximo pulo, quando noto que o pilar de pedra está começando a rachar.

— Oggie! — eu grito. — Vem logo!

— Ei, não me apresse, Coop. Poxa!

— Não, Oggie! A pedra! Tá rachando!

— Pula! — eu berro.

O Oggie salta pra minha plataforma no mesmo instante em que o pilar dele derruba o pilar onde eu estou. Antes de o nosso pilar bater no próximo, vejo que o resto do grupo já está quase do outro lado do abismo, faltando só algumas plataformas pra pular. Mas é tarde demais. É uma reação em cadeia, e todos os pilares vão caindo como peças de dominó.

CREUUM

Você deve estar pensando que não tem como ficar pior. Bom, acho que se fôssemos comidos vivos por um bando de fungrentos seria pior do que o que vem pela frente.

Em vez de cair naquele colchão de fungrentos, a força da queda dos pilares abre um buraco gigante no chão! Terra, pedra e fungrentos saem voando pelos ares à nossa volta, e nós caímos escorregando por um penhasco lamacento.

Só mais um dia normal na Escola de Aventureiros.

AAAAAAAA

CAPÍTULO

16

TCHIBUM!

Caímos numa água salgada. O choque do frio quase me deixa sem ar. Não tenho ideia de quanto caímos, mas as cavernas que vemos lá em cima são tão escuras que não consigo enxergar nada.

A Daz surge no meio de um turbilhão de espuma, se debatendo na água e tomando fôlego. Em seguida, a Mindy aparece flutuando, segurando-se na mochila inflável como um esquilinho assustado agarrado a uma árvore. Mas... cadê o Oggie?

— Oggie! — eu grito, e a minha voz ecoa. A caverna escura reverbera com cada palavra e cada espirro da água.

O Oggie aparece, saindo de baixo da água e cuspindo feito uma fonte.

— Eu tô bem, só um pouquinho molhado! — E vem em nado cachorrinho na nossa direção. — Isso foi louco!

— Mandou bem, Oggie — a Daz resmunga. — E agora?

— Não foi culpa minha! — o Oggie se queixa. — A pedra rachou debaixo do meu pé! O que eu deveria fazer? — Então ele desvia os olhos da Daz. — Peraí, cadê o Timbo?

Nós trocamos olhares preocupados.

— Timbo! TIMBO! — As nossas vozes ecoam como vidro quebrado batendo nas paredes úmidas do poço submerso. — Cadê você?!

— Debatendo-nos na água num ritmo desconfortável é o que estamos fazendo. Não haverá cansaço nos nossos braços, pois são bem preparados para um esforço redobrado. — A cabeçona de cogumelo do Timbo avança na nossa direção, com os olhos inexpressivos nos encarando, sem se deixar abalar.

— Ufa! Se você tivesse dito "estou aqui", teríamos entendido. — O Oggie sorri com sarcasmo.

Percebo que todos estão apreensivos. Mas logo avisto um pedaço de terra firme a uns trinta metros de nós.

— Venham — eu digo. — Pedra à vista. Podemos nos secar e tentar entender onde estamos.

— Parece um bom plano, chefe. — O Oggie patinha em direção à beira do lago. — Timbo, que lugar é este, afinal? É impressão minha ou a água é meio salgada?

A Mindy bate os pés na água, usando a mochila como um equipamento de flutuação.

— Oggie, eu recomendo não tomar água de poços subterrâneos.

— Você, que chamou por Oggie, está correta. — Flutuando, o Timbo se aproxima de nós. — A água deste mundo pertence ao Ultraprofundo, um mar escondido debaixo de onde se pode pisar. Ficar aqui seria loucura, pois por perto há muita agrura.

— Uau! — O Oggie arregala os olhos. — Quer dizer que tem um oceano todinho aqui embaixo?

— Princípio dois do Código do Aventureiro: Explorar locais que não estão nos mapas — eu digo. — É o que estamos fazendo, não é?

— Dá quase pra sentir uma corrente. — A Daz gira na água.

— Que incrível... — A Mindy limpa os óculos e fica olhando a água girar e borbulhar, formando uma espuma.

— É primordial remar com uma força vital — diz o Timbo. — Há que se apressar para às margens chegar. Pois no Ultraprofundo habita o temível...

SPLOSH!

De repente, tentáculos saem serpenteando da água e se enrolam em volta do Timbo com força e velocidade.

— Ajudem o Timbo! — eu grito, mudando de direção na água pra chegar até o nosso amigo.

A superfície se move com fúria cada vez que um tentáculo azul e verde-escuro surge das profundezas, espirrando água e nos agarrando feito cobras.

— Fala sério! O que é esse negócio, Mindy? — A Daz acerta com a machadinha um dos tentáculos que está se debatendo.

— Brutolho! — A Mindy luta com o braço amolecido. Ela puxa o Timbo, mas outros tentáculos surgem de baixo d'água. — Oggie, me ajuda! Não consigo mais!

O Oggie mergulha as mãos na água e segura o Timbo pelo tronco.

Nós todos seguramos o Timbo, lutando pra livrá-lo, das garras do brutolho, quando de repente um montão de olhos brilhantes começa a nos encarar de lá debaixo d'água.

— Estamos cercados! — A Daz ergue a machadinha com lâmina de cristal e urra: — Lutem pra sobreviver! — E mergulha pra resgatar o Timbo.

Mas os brutolhos são ágeis demais na água! Aqueles corpos escorregadios deslizam pra frente e pra trás, desviando-se de todas as nossas ofensivas. Os tentáculos abraçam as nossas armas e as tiram das nossas mãos sem esforço algum.

— As nossas armas! — eu grito, antes de mergulhar pra recuperar a minha machadinha, que tá afundando. Quase consigo alcançar, mas o que vejo em seguida faz o meu sangue gelar, e esqueço completamente a minha haste de cristal.

Abaixo de nós, no fundo do oceano, há dezenas de brutolhos se contorcendo escondidos num lugar que me parece ser um tipo de ruína submersa. E eles me olham com aqueles olhos amarelos brilhantes no meio da água salgada e escura.

Eu subo à superfície e salto pra fora feito um golfinho.

— Precisamos sair da água! Já! — eu me desespero.

Antes que qualquer um pudesse responder, o Oggie consegue soltar o Timbo! Mas na mesma hora, mais brutolhos surgem das trevas a uma velocidade demoníaca. Aqueles olhos de lanterna encaram o Oggie e o Timbo, lançando uma luz fraca e amarelada pela superfície.

Com uma precisão absurda, o maior dos brutolhos, um monstrengo cheio de tentáculos e em formato de batata, acerta o Timbo com um golpe de arpão.

Eu puxo o Oggie pela mão pra protegê-lo, nadando enlouquecidamente pra tentar salvar as nossas vidas. A água escura borbulha furiosamente à nossa volta. E então, quando chegamos a terra firme, as águas turbulentas de repente se acalmam.

— Nós conseguimos! — Estou totalmente ofegante.

Bom... quase todos nós. Vejo lágrimas escorrendo pelo rosto do Oggie.

— Tadinho do Timbo...

— Eu sei — digo, dando um abraço nele.

A Daz e a Mindy se aproximam, e nós ficamos sentados na beira da água.

— Timbo... — a voz do Oggie falha. — Eu não tive forças pra te ajudar.

— Não foi culpa sua — eu respondo, sério.

A Daz e a Mindy ficam olhando em silêncio pra superfície. Não há o que falar mesmo. Em momentos difíceis assim, nem sempre é preciso dizer alguma coisa.

A minha mãe certa vez me disse, quando o Caqui, nosso cachorro, morreu, que *às vezes faz bem ficar a sós com a tristeza*. Bom, é isso o que estamos fazendo agora. Estamos sentados, quietos, naquelas pedras frias na beira do Ultraprofundo, encharcados, cansados e perdidos.

— Estamos fritos — a Mindy murmura. Ela se levanta e passa a andar pra lá e pra cá.

— Como vamos voltar lá pra cima? — A Daz fica encarando a escuridão à nossa volta. — E se estivermos encurralados aqui embaixo?

— Só temos que nos lembrar do Código — eu afirmo.

— O Código! Já chega desse Código! — o Oggie grita. — Não tem nada no Código falando o que fazer quando você vê um amigo morrer. — Os olhos dele estão encharcados de lágrimas. — Estamos perdidos. Estamos presos no fundo deste poço macabro com essas criaturas escondidas debaixo d'água...

A Mindy torna a se sentar, sozinha em uma pedra fria, de frente pra água escura.

— Ele tá certo. Que desespero.

— Sem desespero — eu insisto. — Nada é motivo pra desespero. Vocês não entendem? O segredo é ter esperança. Poderíamos estar sozinhos aqui embaixo, mas não estamos. Estamos juntos. E, se ficarmos juntos, teremos chance.

SPLISH!

— O que foi isso? — A Daz ergue a cabeça, em estado de alerta.

SPLASH!

— Espere. Mais uma vez. — Eu fico de pé na beira da água e fecho as mãos, me preparando pra lutar. Vamos ver se esses brutolhos vão ter coragem...

— Calma aí, Coop — o Oggie alerta, vindo pro meu lado.
— É o que eu estou pensando?

A Mindy mal consegue acreditar no que vê.

— Isso é incrível. Isso é maravilhoso. O Timbo tá vivo! Os gogumelos conseguem se regenerar após um desmembramento? Caramba, que maravilha! Não vejo a hora de contar isso pra professora Clementine.

— Fantástico! — Estou abismado. Primeiro porque o Timbo tá vivo, e segundo por ter testemunhado uma pessoa se dividir em duas. Não é demais?

O Timbo interrompe a nossa comemoração:

— O plano de ação a considerar é sair deste lugar. Temo que o perigo seja... — Ele para, e as duas metades se olham, sérias. — ... extremo.

— Eles têm razão. — Eu olho em volta. — Precisamos nos mover o mais rápido possível. Como estamos de suprimentos?

— Bom, não temos mais armas. — A Daz faz uma careta. — Então vai ser um pouco complicado matar a rugifera.

— Não se preocupe — eu respondo. — A gente só vai ter que improvisar. Aventureiros são bons nisso, não são?

— Então, pra onde vamos? — O Oggie sacode a água do escudo de dragão.

— Acho que encontrei um túnel que vai até lá embaixo! — a Mindy grita. — Mas imagino que não queiramos descer. Nós queremos sair daqui!

— Que boa visão, Timbo! Ou será que é... Timbos? — A Mindy coça o queixo.

Olho pra dentro do túnel e arqueio uma sobrancelha.

— Parece um tipo de mina antiga ou coisa parecida.

— Parece um túnel bem apertado. — O Oggie engole em seco.

A Daz dá um tapinha nas costas dele.

— Sossega, você vai se sair bem.

A Mindy flutua até a entrada do túnel estreito e pedregoso. As tábuas de madeira velhas parecem frágeis demais pra sustentar aquelas pedras.

— Tô sentindo uma corrente de ar aqui. Acho que, se seguirmos pelo túnel, vamos chegar à superfície!

Um dos Timbos (sim, acho que o jeito é chamá-los de Timbos agora) sobe em cima do outro e salta pra dentro do túnel pra ajudar a Mindy a nos puxar lá pra cima.

— Nada confortável, né? — Eu aponto pra uma pedra pontuda ao meu lado.

A Daz vai escalando as pedras com facilidade, tomando a frente.

— Pisem onde eu pisar. Usem as placas de madeira pra tomar impulso.

Um depois do outro, seguimos atrás da Daz. É difícil escalar aquela ladeira íngreme, e as minhas mãos começam a doer. Mas, por fim, à medida que rastejamos devagar, um pontinho de luz surge brilhando à nossa frente, e sinto uma corrente gostosa de ar frio no rosto.

— Estamos quase na superfície! — a Mindy comemora.

Quando a visão da boca do túnel fica do tamanho do meu pulso, surge uma sombra sinistra, contornada pela luz que vem de fora.

— Que sorte a nossa! Uma pessoa! — o Oggie grita.

— Eu estava procurando por vocês — o desconhecido diz, e a voz dele ecoa pelo túnel de um jeito macabro.

— Zeek? É você? — Nunca eu tinha ficado tão feliz por ver o Zeek.

A Daz estica a mão.

— Você pode ajudar a gente a sair daqui? Quem sabe com uma corda ou sei lá.

Mas a figura não responde.

— Ei, você tá me ouvindo? Ajuda aqui, pô! — O Oggie está encolhido entre duas pedras, todo desengonçado.

Outra pausa longa. Talvez não seja o Zeek. Mas quem mais seria? Começo a sentir uma pontada na barriga, sinal de que algo não tá legal.

— Você... é da Escola de Aventureiros? — pergunto, com a voz tremendo.

O desconhecido ri.

— Não, não. — Ele tira uma bola brilhante de dentro de uma dobra da capa. Depois de um estalar de dedos, ouvimos um clique mecânico. — Vocês não deveriam ter sobrevivido ao acidente. E muito menos ter se afastado. Mas um plano nunca sai como esperado, não é?

A minha boca seca.

— Plano? Que história é essa?

— Sabotagem — a Mindy diz em sobressalto.

— Onde está todo mundo? Eles estão feridos? — a Daz quer saber.

O Oggie arregala os olhos.

— Pessoal... ele tá segurando uma granada xourim!

— Isso não vai ficar assim! — a Daz fala rangendo os dentes.

— Será que não? Depois que tudo acabar, não haverá provas.

— Quem é você? — exijo saber. — E por que tá fazendo isso?

— Temos os nossos motivos — o desconhecido responde, nervoso.

— Nós? — O meu estômago tá queimando. A minha cabeça tá a mil. Não paro de me perguntar: *O que tá acontecendo? Quem são eles?*

— O tempo acabou, aventureiros. Considerem-se... expulsos.

A bola mecânica para de fazer tique-taque e começa a emitir um zumbido. O desconhecido sai da nossa vista e joga a bola na boca do túnel estreito.

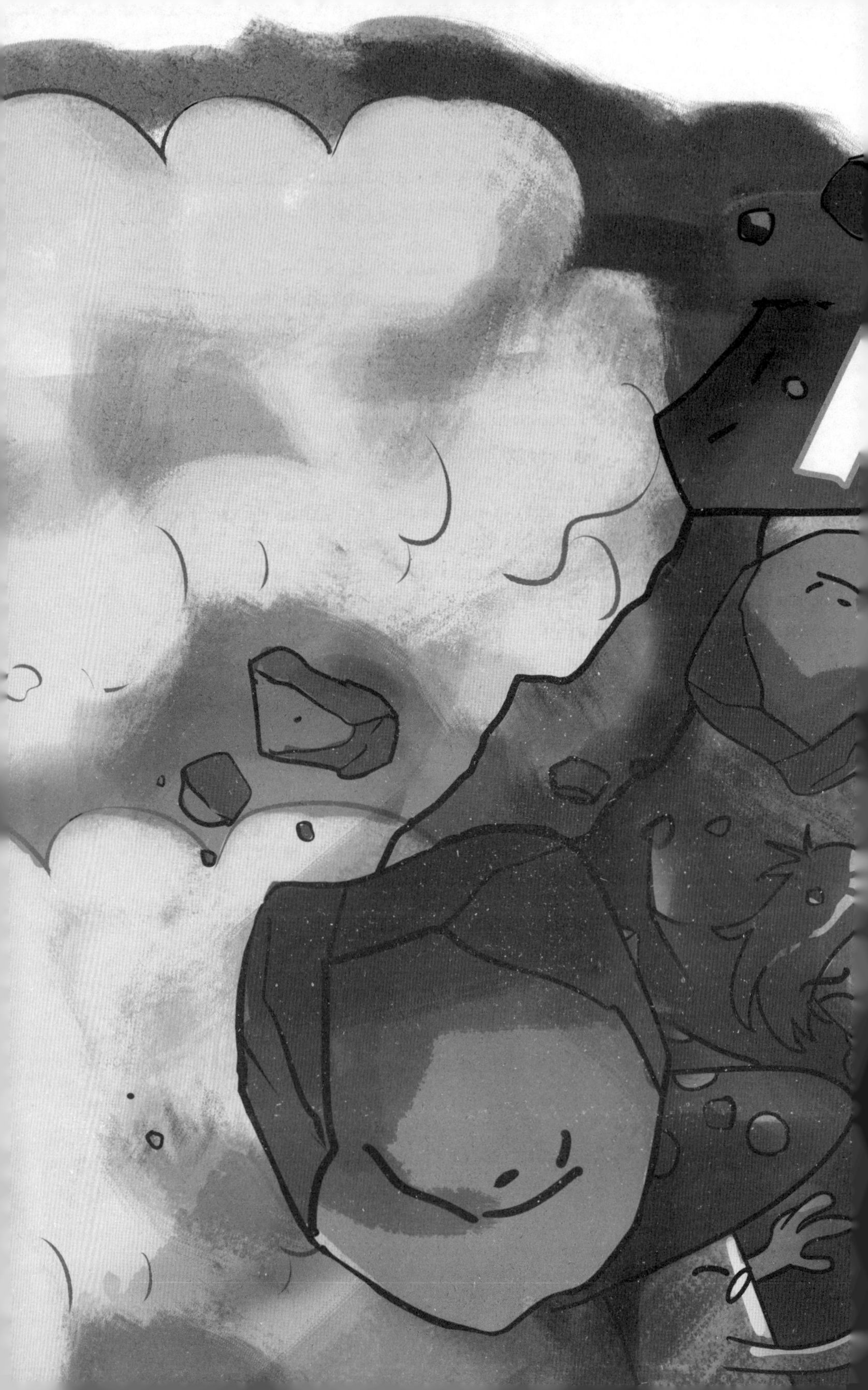

KABOOM

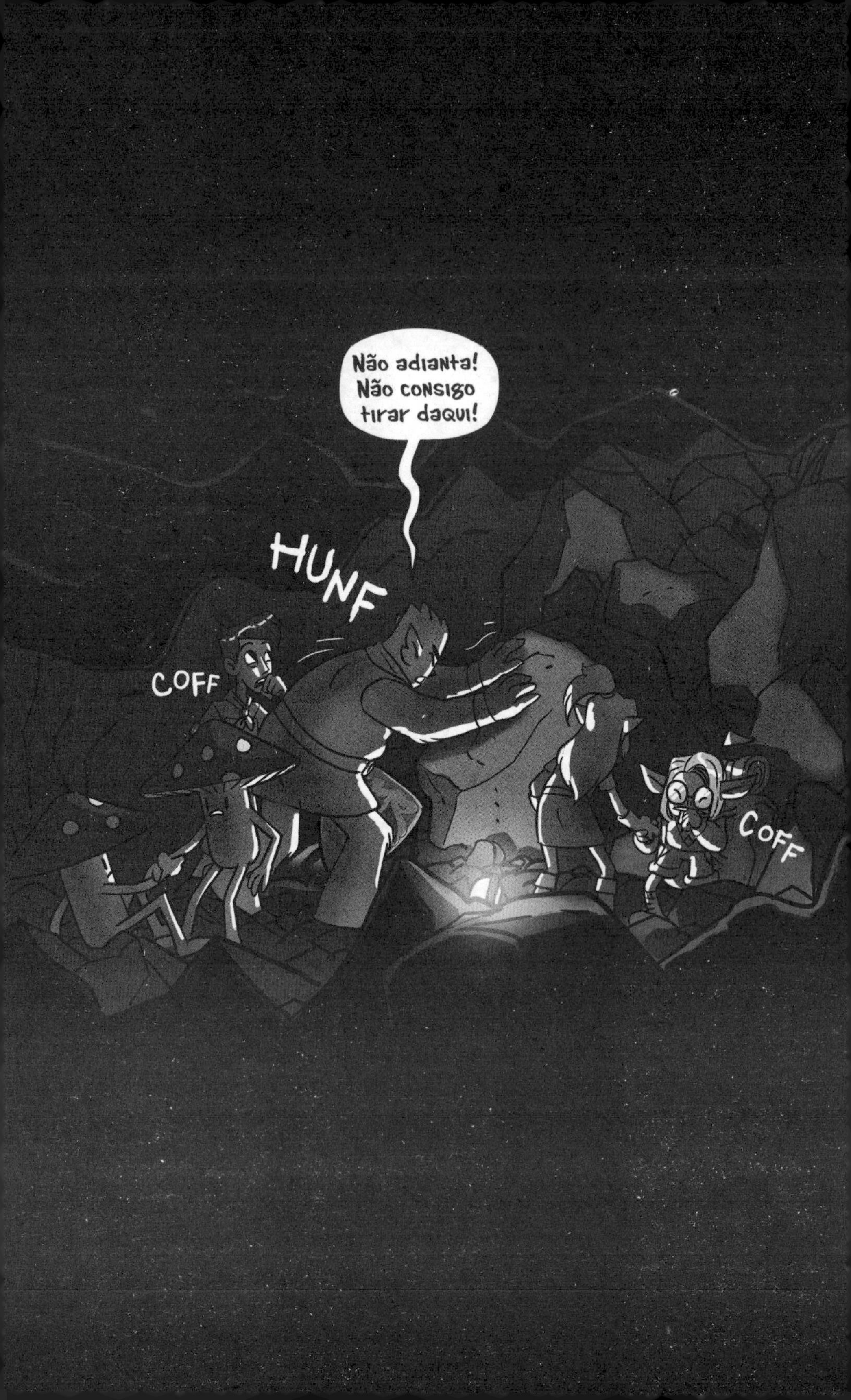
Não adianta! Não consigo tirar daqui!
HUNF
COFF
COFF

CAPÍTULO 17

O OGGIE SE ESFORÇA PRA TENTAR ERGUER UM dos pedregulhos que está bloqueando a saída.
— É pesado demais. — Ele continua, embora já sem fôlego. — Não vamos conseguir passar.
Há toneladas de rochas e entulhos empilhados. Todos nós tossimos por causa da poeira e dos destroços espalhados.
— Precisamos voltar — eu digo, olhando pra trás.
— Quem era aquele cara? Por que ele tá fazendo isso? — A Daz tenta se limpar do pó por cima dela.
— Sei lá, mas precisamos encontrar outra saída se quisermos ajudar os outros — eu afirmo.
— Tinha outro túnel lá, lembram? — a Mindy diz. — Mas levava ainda mais pro fundo.
— Queiram ou não, aquele túnel é a nossa única opção — dizem os Timbos.
A Mindy revira a mochila e tira de lá uma lanterna.
— Isto vai nos ajudar. — E ela passa a nos guiar de volta pra onde começamos, no Ultraprofundo.
Quando chegamos lá, espiamos dentro do túnel escuro e úmido que vai nos levar a sabe-se lá onde.
— Eca! — Oggie faz cara de nojo. — Que fedor nesse túnel.
— Finalmente experimentando do próprio veneno, hein? — Dou uma cutucada amigável nele.
A Daz vira o rosto.
— Vocês dois são nojentos.
— Não posso discordar — diz o Oggie, alegre.
As nossas sombras compridas são projetadas nas paredes escuras e úmidas, e seguimos avançando devagar pelas entranhas do Ultraprofundo. O lugar tem um cheiro podre, e o ar tem gosto

de meias salgadas. Mas seguimos nos arrastando com as nossas roupas cada vez mais ensopadas, pois as paredes e o teto não param de pingar uma gosma molhada.

E assim passam horas. Estamos cansados e famintos. Marchamos pelo túnel sem parar, sem saber se estamos indo na direção certa. E aí, quando sinto que não conseguirei dar mais nenhum passo, vejo pedras preciosas brilhando feito estrelas acima de nós. Há cristais coloridos em formato de prismas por toda a parede, refletindo os nossos rostos como espelhos.

— Uau! — Oggie balbucia, boquiaberto.

— Que bonito aqui — a Daz se admira.

— Que incrível! Olha este aqui! — O Oggie toca em um cristal em formato de prisma quase do tamanho dele, mas os Timbos o afastam com força.

— É prudente evitar incomodar o ambiente — eles advertem.

— As cavernas de cristal são um lugar repleto de perigos e castigos.

— Que lugar é este? — a Mindy pergunta.

Mas os Timbos só repetem "perigos e castigos". Como em toda a Floresta dos Fungos, se você quer saber o que eu acho.

E vou dizer, dá um TRABALHÃO tentar não tocar em nada nas Cavernas de Cristal. Algumas das passagens são bem apertadas, com cristais afiados apontando na nossa direção. A gente tem que se mexer igual àqueles contorcionistas do circo que visitava a nossa cidade todos os anos.

Agora tente imaginar o meu melhor amigo, o Oggie, se espremendo desse jeito. Não vai rolar. Tenho certeza de que você já faz ideia do que aconteceu em seguida...

Os cristais se partem em mil pedacinhos ao cair no chão. Ficamos olhando para os cacos, e então olhamos para os Timbos e depois nos olhamos, esperando algo acontecer.

— Talvez não seja nada de mais. — O Oggie dá de ombros.

Mas é claro que ele se precipitou. Ouvimos o barulho de mais cristais quebrando e, de repente, uma criatura toda pontiaguda parece ganhar vida e sair das paredes da caverna. E depois outra e mais outra!

— Esses caras são feitos de cristal ou coisa parecida! — o Oggie gagueja.

— Cromoditas! — grita a Mindy. — Eu deveria ter desconfiado.

— Ah, a gente pode tentar conversar com eles. — Eu ergo as mãos pra mostrar que não estamos armados. — Ei, e aí? Só estamos de passagem. Não queríamos...

— Invasores! — um deles fala com a voz estralada. — Vândalos de Além-Terra.

Eles não têm rosto, só uma rachadura que serve como boca.

— Não, foi sem querer! — tento explicar, já tropeçando pra trás com os outros.

Então ouvimos um *CRAC!* Sem querer, de novo, o Oggie quebra outro cristal.

— Oggie! — a Daz resmunga.

Os Timbos param na nossa frente quando veem que os cromoditas se aproximam de nós devagar.

— Não há a opção de negociação com as criaturas de cristal... só uma batalha mortal!

— Batalha? Mas não temos nenhuma arma! — quase me desespero.

— Acho que os Timbos têm razão. — A Mindy dá de ombros. — Os cromoditas são muito protetores com o próprio território. Agora somos considerados inimigos.

— Por que todo mundo se magoa tão fácil aqui? Foi sem querer! — o Oggie lamenta.

Um dos cromoditas tenta acertar o Timbo com o braço coberto de lanças de cristal pontiagudas, mas o nosso guia gogumelo desvia com destreza na direção oposta.

— Como é que vamos sair daqui? — eu grito. — Essas criaturas estão bloqueando o caminho, e não podemos voltar pra onde estávamos! Isso aqui é um labirinto!

— Me dá o seu escudo, Oggie — a Daz pede.

— O quê? Por quê?

— Dá logo aqui! — A Daz pega o escudo do dragão, que protege metade do corpo dela, e clama: — Sigam-me! — E ela parte pra cima dos cromoditas como uma máquina de guerra.

A força do impulso da Daz faz os cromoditas se afastarem para os lados, e assim ganhamos tempo pra passar correndo entre eles pra descer o túnel. Ao olhar pra trás, vejo que eles estão correndo na nossa direção. Isso não vai ser fácil!

Num segundo, ficamos diante de uma bifurcação no túnel.

— Pra onde agora? — a Daz pergunta, ofegante.

Mas antes de eu conseguir responder, outros cromoditas surgem no túnel à esquerda, com as mãos pontudas refletindo a luz da nossa lanterna.

— Direita, direita! — eu exclamo.

Por um momento, acho que estamos a salvo, mas o ar fica quente e úmido, e vemos uma luz alaranjada reluzindo lá no alto. Quando saímos do túnel, deparamos com o caminho bloqueado por uma gosma alaranjada quente e borbulhante.

— Lava — a Mindy informa. — É um rio de lava!

Atrás de nós, um grupo de cromoditas enfurecidos vem atravessando os túneis. Eles chegarão a qualquer momento.

— Então vamos resistir e lutar contra eles — eu digo.

— Não se depender de mim. — A Mindy leva a mão à mochila e tira de lá um negócio quadrado. No que ela aperta um botão, o pequeno bote inflável de borracha se enche de ar.

Nós pulamos no bote, e a corrente de lava nos faz deslizar pra longe, antes de os cromoditas chegarem.

— Acho que estamos seguros! — o Oggie grita, e ao fundo ouvimos o barulho da lava correndo.

— E vocês disseram que eu não precisaria de um bote à prova de lava!

Mas os Timbos balançam a cabeça.
— Ainda não é hora de festejar, mais problemas iremos enfrentar. — Eles apontam a cabeça pra cima, e eu só vejo a escuridão. — O rio chega ao seu fim, e tudo acaba pra vocês e pra mim.
— O que isso quer dizer? — O Oggie franze as sobrancelhas.
À nossa frente, ouço um estrondo contínuo, e de onde eu venho, sabemos bem o que isso significa.

— E agora?

— Olhem! Tem uma plataforma lá em cima!

— Mindy, nem todo o mundo aqui tem asas!

Uma cachoeira.

Ou, neste caso... uma *cachoeira de lava*.

— Não, mas eu tenho uma coisinha aqui para os meus amigos desvoaçados. — A Mindy dessa vez tira um gancho de escalada da mochila. Ela começa a balançar a corda do gancho para o lado sem tirar o olho da plataforma. — Segura a minha mochila, Oggie.

Agora, conseguimos ver bem o fim do rio, onde tem início a queda da cachoeira. O rio corre rápido, levando-nos a uma morte certa. Se a Mindy não conseguir fazer a melhor laçada da vida dela, a gente já era!

— Rápido, Mindy! — a Daz grita. — O que você tá esperando?

— O momento certo — ela murmura.

Por um segundo, tudo parece acontecer em câmera lenta. A Mindy solta a corda do gancho e alça voo, impulsionada pelas suas asinhas. Que coisa linda de se ver...

Todos nós nos seguramos na corda como se a nossa vida dependesse daquilo, e sentimos os nossos pés se erguendo do bote à prova de lava, que despenca cachoeira abaixo.

Atravessamos a caverna voando a toda velocidade, pendurados naquela corda que balança na direção de um paredão de pedra, e eu tenho a leve impressão de que vamos nos estatelar feito mosquitos. Mas o Oggie vem ao resgate!

BLAM

Pernas que parecem troncos de árvore!

De onde paramos, subimos pela corda e finalmente conseguimos chegar à plataforma. (Valeu, treinador Quag, por todos aqueles treinos de escalada!) Assim que chegamos ao topo, todos nos jogamos no chão. Estamos exaustos.

— Nós conseguimos! — o Oggie comemora. — Mandou bem, Mindy! Você salvou o nosso couro! Nós somos FERAS! O Time Verde é demais!

Eu faço um *toca aqui* com o meu amigo, mas quando me viro, vejo que os outros não estão tão animados quanto nós.

— E agora? O que vamos fazer? — A Mindy aponta pra parede de cristal sem saída à nossa frente. — Não tem pra onde ir. Nenhum túnel, nenhuma porta! Estamos presos aqui. A única saída é mergulhar em um rio escaldante sem bote à prova de lava!

— Por que vocês estão tão desanimados? A gente vai dar um jeito.

— Oggie! — a Daz ralha com ele. — Você não vê que foi por culpa da sua trapalhada que a gente veio parar aqui? Pense bem. Foi por culpa sua que nós caímos no Ultraprofundo e quase matamos os Timbos. E foi *você* que quebrou os cristais, causando esse fiasco todo. A gente quase morreu umas quatro vezes por culpa sua! E agora não temos armas nem comida!

> O fato é que todo o mundo teve que se esforçar muito para corrigir os SEUS erros. E agora estamos encurralados, sem ter pra onde ir.

— Daz... poxa, você tá sendo cruel. Você não viu o que acabou de acontecer? O Oggie evitou que a gente desse de cara com a parede. Foi incrível.

— Não é crueldade dela, Coop — a Mindy contrapõe. — É verdade! Agora a gente não vai mais conseguir voltar! Todos os outros já devem ter se encontrado. Seremos os únicos da turma a não disputar o Desafio Final.

— É sério isso, Mindy? Desafio Final? — A Daz a encara. — Nós estamos perdidos! Quem se importa com o Desafio

Final numa hora dessas? Reveja as suas prioridades. A preocupação agora é sobreviver.

Aquilo parece atingir o ponto fraco da Mindy, que arregala os olhos, apontando o dedão pro próprio peito.

— Rever as MINHAS prioridades? Uau! — Ela bufa com sarcasmo. — As minhas prioridades estão perfeitamente alinhadas: tirar notas boas e ir bem na escola! Só porque você é boa em tudo sem esforço algum e seus pais ricos te matricularam na escola não significa que todo mundo tenha a mesma sorte. Daz, você nem faz questão de se esforçar.

— Mindy, você não tem ideia do que diz, tá legal? A situação tá difícil lá em casa. Eu não quero falar sobre esse assunto!

— Não! Alguns de nós deram muito duro pra chegar até aqui. Enquanto todas as outras crianças estavam brincando e se divertindo, nós nos dedicamos! Alguns de nós estudaram dia e noite. Alguns de nós abriram mão de muita coisa. Isso tudo não pode ter sido em vão!

— Pelo visto, foi em vão, sim — a Daz responde com raiva.

— Gente, é preciso ter calma, tá legal? — eu digo, tentando aliviar a tensão. — Todos têm problemas, mas dá pra resolver, não dá?

— Calma? Problemas? Tá bom, claro! — a Daz retruca. — A sua vida é perfeita.

— O que você quer dizer com isso? — pergunto, perplexo.

A Daz sacode a cabeça.

— Fala sério. Pilhas e mais pilhas de cartas da família, encomendas cheias de docinhos e biscoitos. Você não tem de se preocupar com nada! Você tem os melhores pais do mundo — ela provoca, cruzando os braços. — Mal sabem vocês. Eu estou completamente sozinha aqui.

— *Você* está sozinha? Como tem coragem de dizer isso?! — Fico parado lá por um segundo, tentando conter as lágrimas. — Eu sou o único humano da escola inteira. Caramba, eu sou o único humano de todo o mundo subterrâneo! Além do Zeek e do Axel, que só querem saber de me atormentar, vocês três são os únicos que conversam comigo ou olham para mim. Eu me sinto um monstro. — Ergo os braços, indignado.

— Nenhum de vocês teve coragem de me contar sobre o Dorian Ryder. E vocês são do meu time! Como explicam isso?

Ninguém abre a boca. Todos desviam o olhar.

— Eu, sim, estou sozinho, Daz. Vivendo debaixo da terra, a centenas de quilômetros de casa, tentando dar o meu melhor e deixar a minha família orgulhosa. Tá bom, eles me escrevem. Mas nem por isso me sinto menos deslocado. Sou criticado mil vezes mais do que qualquer um por qualquer coisa que eu faça.

Eu arranco o meu lenço verde, com raiva.

— Você não sabe como é se sentir assim, Daz. Nenhum de vocês sabe!

— Parem de brigar! *Eu* sou o destrambelhado aqui. — O Oggie funga, e lágrimas escorrem pelo seu rosto. — Eu só faço besteira. Eu sei. Vocês sabem. O meu pai também sabe. Foi por isso que ele me mandou pra Escola de Aventureiros. "Tome jeito ou tome seu rumo!" — ele imita, fazendo uma voz grossa.

— Era isso o que ele me dizia todos os dias. Bom, eu tomei o rumo da escola pra que me consertassem. Mas não sou bom o bastante. Posso até ser forte, mas não sou valente. E todos nós sabemos que eu sou o maior destrambelhado do mundo.

O Oggie se vira de costas pra nós e se põe a olhar pra cachoeira de lava.

— Foi culpa minha mesmo, tá legal? Podem me culpar. Eu sei que aqui não é o meu lugar. Eu só queria ser um artista. Eu só queria desenhar e pintar. Criar, sabem? Mas a única coisa que faço é estragar tudo...

— Como assim? — A minha voz falha. — Você não pode...

> É por isso que... eu vou desistir da Escola de Aventureiros no final do semestre.

O Oggie se vira e abaixa a cabeça.

— Já conversei com o diretor Munchowzen sobre isso. Aqui não é o meu lugar.

— Mas, Oggie... você faz parte do Time Verde — eu digo.

— E daí? Nem faz mais diferença. Por minha causa, estamos perdidos. Aceite, Coop. Eu faço tudo errado.

Todos permanecemos calados. Nem os Timbos sabem o que dizer.

A Daz dá um passo à frente, com o olhar meio triste.

— Eu também estou fazendo tudo errado — ela diz.

— O quê? — todos perguntam juntos, sem acreditar.

— *Você* tá fazendo tudo errado? — a Mindy pergunta, com uma voz estridente. — Você deve ser a melhor aluna de toda a escola.

— Sei lá. — A Daz torce os lábios, indiferente. — Pensei que se eu fosse reprovada em uma ou duas matérias, talvez os meus pais prestassem atenção em mim. — Ela faz uma careta e começa a brincar com o lenço no pescoço. — Mas nem isso adiantou. Eles não estão nem aí. Estão sempre ocupados, trabalhando tanto que não têm tempo pra mim. Faz meses que não falo com eles.

O jeito dela muda, tornando-se mais gentil.

— Olha, me desculpa, Oggie. Eu não sabia... sobre a situação entre você e o seu pai. Sei que é difícil. E, Mindy, você tem razão, eu não venho me dedicado ultimamente. Mas se o Oggie é um destrambelhado, eu também sou.

A Mindy se aproxima de nós, planando no ar.

— Eu... eu sei que às vezes sou meio exigente com vocês. Às vezes exijo demais das pessoas... por causa da pressão que sinto sobre mim. Mas eu também sou uma destrambelhada. Não sou forte como o Oggie, não sou graciosa como a Daz e não tenho as habilidades de liderança do Coop. Isso significa que preciso ser inteligente e estudiosa. E tem hora que isso cansa.

— Você disse "liderança"? — Estou surpreso de verdade. — Mindy, eu me sinto tão pressionado que às vezes paraliso e não sei o que fazer. Se tem alguém destrambelhado aqui, esse alguém sou eu.

— Estamos arrasados porque também somos destrambelhados — os Timbos dizem juntos. — Era o nosso dever conduzir vocês, mas não foi o que se fez. Perdidos estamos, e talvez morramos por ficarmos carentes de nutrientes.

— Que maravilha, somos todos destrambelhados — o Oggie se lamenta.

— Fantástico... — a Daz suspira. — Cinco... quer dizer, seis destrambelhados presos em uma caverna de lava. Perdidos no Labirinto de Cogumelos!

Não consigo segurar uma risada quando me vem à cabeça uma ideia estranha.

— Sabem, é possível que não seja tão ruim ser destrambelhado. Vai ver, a melhor coisa é ser destrambelhado.

— Como é que ser destrambelhado pode ser bom? — A Mindy solta uma risada irônica.

— Pensa bem — respondo, empolgado. — O erro é uma chance de aprender a fazer melhor e mais rápido nas próximas vezes. Além do mais, não é legal começar de baixo e se esforçar pra crescer? É algo de que devemos nos orgulhar, não é? Não sei vocês, mas eu não vejo a hora de mostrar pra todo mundo quem são os membros do Time Verde. Um bando de destrambelhados! Eu vou usar este brasão com orgulho!

Eu me levanto e levo a mão ao meio de um círculo invisível, esperando que os meus amigos se aproximem e se unam a mim.

— É Time Verde quando eu disser três! — eu grito.

A Mindy e a Daz se aproximam e colocam as mãos em cima da minha. Os Timbos também chegam.

— Você tá com a gente, Oggie? — a Mindy pergunta, sorrindo.

— Nós precisamos de você. — A Daz também sorri.

O Oggie hesita por um momento. Dá pra ver que tem muita coisa passando pela cabeça dele, e de certa forma eu me preocupo porque talvez ele queira mesmo sair do Time Verde. Aí vejo um sorrisinho besta se abrir na cara peluda do meu amigo, e ele vem correndo pra nos encontrar.

— Bom... — A Mindy suspira. — Agora que já sabemos que somos todos destrambelhados, talvez devêssemos colocar as nossas cabeças pra funcionar juntas e achar um jeito de sair daqui.

Pela primeira vez, percebo o calor intenso saindo da cachoeira de lava vermelha e brilhante. Sinto o suor escorrer pela sobrancelha.

— Pode crer! Tá muito quente aqui!

A Mindy inspeciona a área, olhando para as paredes e pro chão.

— Hum... não consigo pensar em coisa alguma.

A Daz olha pra baixo do precipício.

— É. Tanta empolgação e não temos pra onde ir.

O Oggie caminha até a parede de pedra e se senta em um cristal azul lisinho.

— Não é por nada, não, mas o meu cérebro precisa de um pouco de energia.

Aí, o Oggie se encosta na parede, e ouvimos um rangido seguido de um **CLAC!**

De repente, uma porta escondida no cristal começa a se abrir, rangendo, bem na nossa frente.

— Uau! — Mal posso acreditar.

— Oggie... — A Daz chacoalha a cabeça. — Eu já disse que você é um gênio?

CAPÍTULO 18

— **PRINCÍPIO OITO DO CÓDIGO DO AVENTUREIRO:** toda caverna tem uma porta secreta. — A Mindy, admirada, fica vendo a passagem secreta se abrir.

Passamos pela porta secreta e entramos em uma passagem repleta de veios dourados e prateados brilhantes. Cristais reluzentes, verdes como o mar, crescem nas paredes como ervas daninhas. Mais adiante, vemos outra porta de pedra, reluzindo pontos de luz roxos e azuis, com um desenho estranho esculpido nela.

— O que vocês acham que esse desenho significa? — O Oggie parece hipnotizado por aqueles símbolos tão diferentes. — Parece uma escrita... mas incompleta.

— Não sei. Tenho certeza de que é uma porta, mas não tô vendo nenhuma maçaneta. — Eu tateio a parede, passando a mão em volta da pedra pra procurar sinais de alguma maçaneta ou alavanca escondida.

— O que vemos aqui interdita é uma porta de cromadita — os Timbos explicam. — Amigo, este é um lugar antigo.

— Essa não! — a Mindy exclama. — O que foi que eu fiz?
— Princípio seis do Código do Aventureiro! — eu respondo.
A Mindy tira as palavras da minha boca:
— Sempre procurar armadilhas.
— Alguém pode dar uma ajuda aqui? — a Daz grita, segurando a grade levadiça para tentar erguê-la.
Juntos, tentamos lutar contra o portão de cristal, mas mesmo reunindo as nossas forças, não conseguimos erguer nem um centímetro. E, é claro, como tudo que é ruim ainda pode piorar, as paredes laterais começam a se aproximar e fechar na nossa direção! Essa é clássica! Não seria uma caverna digna de aventureiros se não tivesse uma armadilha assustadora que, além de fazer espetinho de nós, vai nos transformar em patê!

— Mais uma vez! — eu encorajo a galera.

Nós nos esforçamos juntos, mais uma vez reunindo todas as nossas forças. Mas o portão nem se mexe.

— É impossível! — A Daz já está ofegante. — A gente não conseguiria erguer essa coisa nem se fosse caso de vida ou morte.

— Bom, é meio que um caso de morte... — o Oggie resmunga e puxa de novo, com ainda mais força e energia. Mas não adianta nada!

— Pra nos livrar, as paredes devemos segurar! — Cada um dos Timbos vai pra um lado, posicionando-se entre os espinhos de cristal. — Ajuda, ajuda! — os Timbos soltam um grunhido, falando juntos. Os bracinhos esponjosos deles incham ao fazer tanta força.

— Cada um pra um lado! — eu grito. — Daz, venha comigo; Oggie, vai com a Mindy! — Nós nos empurramos contra a parede, mas elas vão se aproximando cada vez mais.

— Rápido, Oggie! Eu não consigo segurar sozinha! — A Mindy se esforça em vão. As paredes a empurram pra trás, fazendo os seus pezinhos deslizarem pelo solo.

Mas o Oggie fica lá parado, encarando os desenhos na porta.

— Isto é importante — ele murmura pra si mesmo, com a língua pendurada pra fora da boca, igualzinho como ele fica quando desenha.

— Não temos tempo pra isso! Venha ajudar! — eu me desespero, com o suor escorrendo pelo rosto ao sentir as paredes se fechando como se fossem a boca de um monstrengo. — Oggie!

A parede nos empurra, e os meus pés escorregam cada vez mais. Não consigo fazer nada, na direção das pontas afiadas que se aproximam mais a cada segundo. Estamos ferrados!

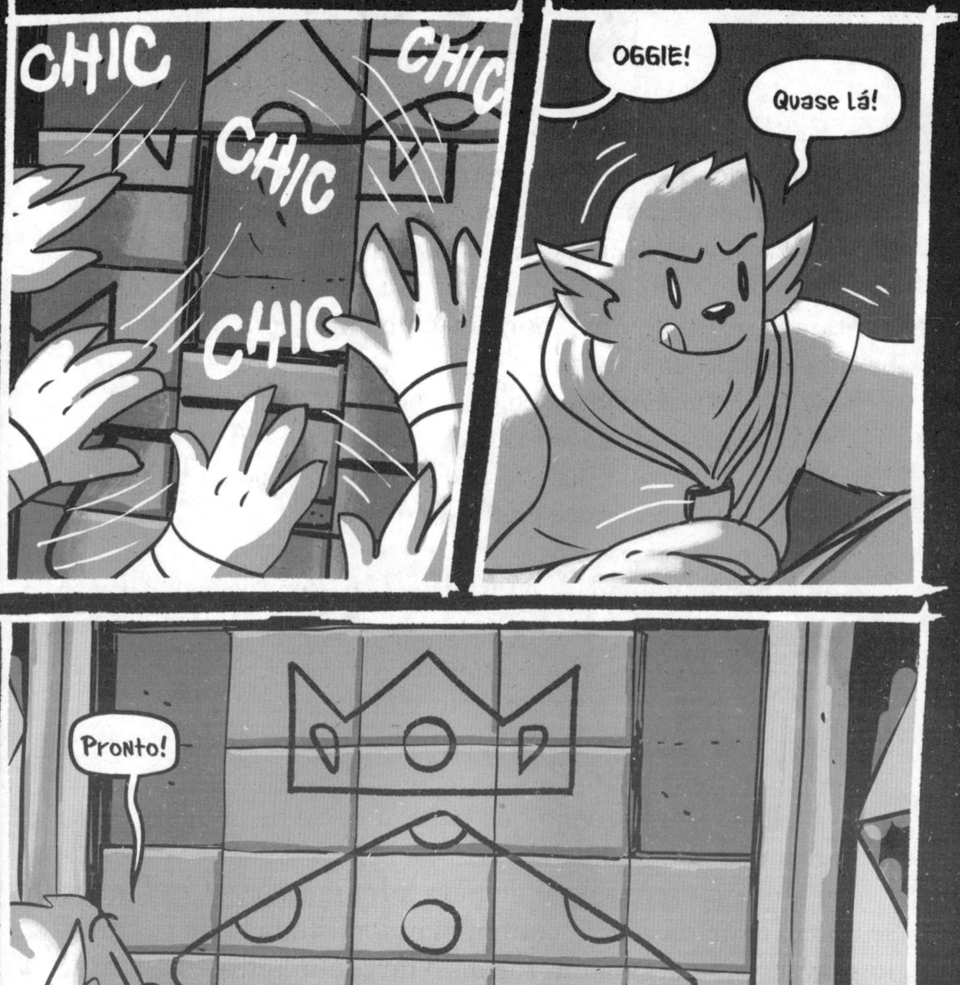
CHIC
CHIC
CHIC
CHIC
OGGIE!
Quase lá!
Pronto!

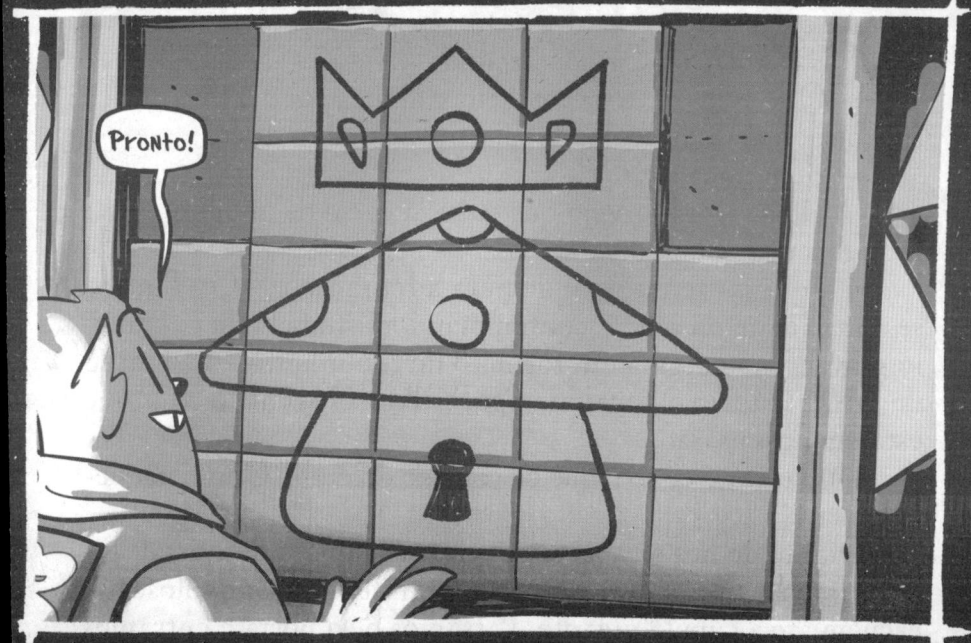

CLIC!

— Consegui! — o Oggie comemora.

E fazendo um barulhão, a porta começa a abrir.

As paredes então começam a mudar de direção, e as pontas afiadas são recolhidas. E os cristais espalhados pela câmara começam a brilhar, iluminados por uma luz roxa-azulada. Tentamos nos recompor por um momento, com a respiração pesada e rindo de alegria.

— Você conseguiu! — eu exclamo. — Estamos vivos!

— Que incrível! Você resolveu o enigma! — A Mindy sobe esvoaçando até o rosto do Oggie e lhe dá um beijo na bochecha. — A Daz tem razão, você é um gênio!

O Oggie fica vermelho.

— Ah, não foi nada... Mas é que fazia sentido, sabe? Eu só precisei completar o desenho.

A Daz abraça o Oggie, dizendo:

— Que bom que temos o melhor artista por perto.

Eu dou uma chacoalhada calorosa no ombro dele.

— Bom trabalho, Og!

O Oggie irradia. Vejo que ele está cheio de orgulho, e isso me deixa muito, muito feliz.

— A nossa sensação é de pura admiração. — Os Timbos se aproximam da porta, contemplando o símbolo de cogumelo gravado no enigma em formato de tijolinhos. — O brasão de Miko Morga Megalomungo, o Rei Gogumelo, é o que está em nossa visão.

— Caraca — é só o que eu consigo dizer. — Como naquela lenda...

Diante de nós se abre uma enorme câmara de cristal. Pilares imensos de pedras preciosas translúcidas e angulosas se erguem até a cúpula gigante. Passamos pela porta e entramos no que parece o interior de um palácio de joias.

> Olha só a arquitetura deste lugar. Vulcanita, aço míngua, pratilhante, e até essas pedras prismáticas assustadoras...

> É isso mesmo o que vemos nós?

> O antigo castelo gogumelo?

Cada um de nós vai pra um lado pra analisar a área, e eu fico junto do Oggie.

— Posso fazer uma pergunta? — digo, meio sem jeito. — Você vai mesmo sair da escola?

O Oggie para um momento e responde:

— Talvez.

— Por que não me contou? — Estou com os olhos vidrados no caminho que percorremos.

Ele dá de ombros.

— E o que eu diria?

— Sei lá. Mas tomara que você não saia.

— Ei, olhem isto aqui! — a voz da Daz ecoa, dando-nos um susto.

Ela se abaixa pra examinar algo no chão.

Eu vou até lá dar uma olhada.

— Parece um monte de areia brilhante — comento, sem entender o que é aquilo que vejo.

— Isto não é areia. — A Mindy se ajoelha ao lado da Daz.

> Acho que são cinzas de cromoditas. Eles certamente viviam aqui.

> E alguma coisa deve ter transformado as criaturas em pó. Mas como?

— O que será que aconteceu? — A Daz segura um pouquinho das cinzas cristalinas entre os dedos. — Será que foi um desmoronamento?

— A nossa suposição é que o temido Zaraknarau tenha sido a causa da destruição. — Os Timbos ficam um do lado do outro, apontando para as marcas de garras imensas no chão de pedra.

— Olhando de perto, sim, isso é certo. Zaraknarau.

— Será mesmo que a rugifera pulverizou esses cromoditas?

— O Oggie engole em seco. — Como é que vamos derrotar um monstro desses?!

— A gente vai descobrir um jeito — respondo, confiante.

Mas no fundo, não tenho tanta certeza. Pra falar a verdade, sinto um calafrio na espinha toda vez que penso na rugifera. Aqueles olhos brilhantes, a bocarra escancarada, as gengivas abarrotadas de dentes gigantes... Eu, hein, ele é quase pior do que uma aranha.

— Bom, os cromoditas não se saíram muito bem — a Daz lamenta.

Foi então que, ao seguir em frente, notei que todo o chão estava coberto por um tipo de cascalho colorido e brilhante, e que havia uns destroços enormes emergindo do solo. A cada passo dado, eu escorregava e ouvia os estalos que os meus pés produziam ao pisar naquelas cinzas.

— Devia ser um exército de cromoditas. Este lugar está coberto de cristais pulverizados. Cuidado onde pisa, ou você pode...

PLEC!

Eu tropeço em algo enterrado na areia e caio de cara no chão.

— Opa! Você tá bem, Coop? — O Oggie me ergue do chão.

— Tô. É que alguma coisa me fez tropeçar. — Eu me ajoelho e espano as cinzas brilhantes. Sinto um objeto afiado e quase corto a mão.

— Armas! — o Oggie exclama.

— Peraí, vocês acham que tudo bem se pegarmos essas armas? — eu pergunto, em dúvida.

Os Timbos apanham uma lança e um escudo e afirmam, categóricos:

— Fomos privilegiados e afortunados. O que aqui há bastará para que possamos nos armar e nossas perdas compensar.

— Princípio três do Código do Aventureiro: desenterrar e preservar a nossa história coletiva — diz a Mindy, com convicção. — Se não pegarmos, elas poderão ficar aqui perdidas pra sempre.

— E, além disso, que outro jeito teríamos de lutar contra o Zaraknarau? — O Oggie pega um machado e o encosta no seu escudo. — Caraca, olha só que maneiro este estilo de dragão! Combina com o meu escudo!

A Daz gira duas adagas brilhantes com empunhadura de pedra.

— Equilíbrio perfeito!

— Olha como brilha! — A Mindy lança mão de um arco prateado cravejado de pedras e puxa a corda. — As flechas também combinam! — ela diz, colocando mais umas flechas brilhantes na mochila.

Acho que sobrou isto aqui pra MIM.

É... é irado, cara... Parece... retrô.

— Retrô, é? — Empunho aquela espada enferrujada. Ela não está nas melhores condições, admito. Mas acho que vai dar pro gasto. Balanço a espada no ar, só pra garantir que consigo manejá-la. Satisfeito, eu me viro para todo o grupo. — É isso aí, Time Verde. Todos prontos?

Atravessamos os corredores do palácio de cristal, perambulando pelas salas e câmaras enormes que antigamente eram o centro do poder do antigo Reino Gogumelo. Por fim, saímos daquele território e chegamos a uma passagem escura que se divide em três túneis.

— E então, pra onde vamos? — eu pergunto, perplexo.

O Oggie e a Daz me olham e dão de ombros.

— Ah, tanto faz — o Oggie sugere.

— Tanto faz? — a Mindy zomba. — De jeito nenhum! Nós somos aventureiros. Todo problema tem uma solução, né? Só precisamos analisar o que temos aqui.

— Mas os túneis parecem iguaizinhos — o Oggie comenta.

— Calma, olhem isto.

— Vocês estão vendo essas estruturas brancas e fininhas que parecem teias?

— Ai, não — eu resmungo. — Aranhas?
— Não, não são aranhas. É micélio — a Mindy me corrige.
— Como é? — O Oggie faz uma careta.
—Micélio — a Mindy repete, distraída. — Era o que os gogumelos usavam pra se firmar no chão. Tipo uma raiz.
— Entendi. — A Daz pensa um pouco. — Então o micélio prova que deve haver cogumelos crescendo em cima deste túnel.
— Exato! Tudo o que temos de fazer é seguir o micélio, e assim devemos conseguir voltar à Floresta dos Fungos!
— Mandou bem, Mindy! — O Oggie faz um *toca aqui* pra Mindy. — Se eu sou um gênio, então você é... uma súper megagênia!

A Mindy fica vermelha.
— Imagina... eu só estudo bastante.
— Vamos embora sem demora — os Timbos interrompem a conversa. — Zaraknarau!
— Tá bom, tá bom. Já sabemos. — O Oggie coloca os braços por cima dos ombros dos Timbos. — Rugifera, aí vamos nós! Avante! Sigam as raízes dos cogumelos!
— Micélio — Mindy corrige.

O Oggie faz uma careta e ergue o dedo indicador, com uma pose triunfante.
— Esse negócio aí mesmo que a Mindy disse.

Seguimos a pista de micélio pelo túnel, rumo à superfície. As paredes estão cobertas por uma espécie de camada de palha grossa formada pelo micélio. Por fim, deparamos com uma escada em espiral esculpida em cristal que leva até o alto, com o micélio formando uma trama no teto. Em alguns lugares, a camada é tão grossa que temos de abrir caminho com as nossas armas pra continuar subindo a escada de cristal.

Esbaforidos, nós paramos um minuto pra respirar o ar fresco. A Daz senta ao meu lado em um cogumelo enquanto a Mindy e o Oggie vasculham a mochila, procurando alguma coisa.

— Coop — a Daz murmura. — Sobre o que houve naquela hora... eu queria... é... pedir desculpas. Eu estava tão envolvida com os meus problemas que não percebi que você também tá enfrentando uma barra.

— Sem crise, Daz. Eu também queria me desculpar. Eu não deveria ter estourado daquele jeito.

A Daz sorri e assopra a franja, pra tirar dos olhos. As minhas mãos começam a suar, e sinto a boca secar.

— Eu... é que... sei lá, eu me preocupo, sabe? O que estou tentando dizer é...

E aí me dou conta de que a Daz não tá mais prestando atenção em mim.

— Essa não! Coop, olha ali! — E a Daz sai correndo.

Eu empunho a minha espada enferrujada e corro atrás dela.

— O que foi?

— Olha só! — A Daz aponta pra um lenço vermelho rasgado e largado no chão.

Eu sinto o estômago revirar.

— O Time Vermelho... Zeek e Axel... — Fico sem palavras. — Eles devem estar numa fria.

ROOOOARR

Algo me diz que NÓS também estamos numa fria...

CAPÍTULO

19

CORREMOS PELA FLORESTA, A DAZ TOMANDO A frente pra procurar a rugifera. A cada rugido do monstro, o som parece mais distante, mas a Daz espicha as orelhas e retraça a nossa rota. Ela seria uma ótima caçadora de langrogos no Condado, não tenho dúvida!

Assim que ouvimos o rugido perto de nós, a Daz faz um sinal pra pararmos. Ela se abaixa e vai rastejando até um arbusto. Após um momento, ela faz um sinal com a mão pra nos aproximarmos. Afastamos todo aquele matagal da nossa frente pra tentar espiar.

Lá está ela! A temida rugifera!

Só que ela não parece tão temível assim do nosso ponto de vista. O bichão tá todo encolhido, sozinho em uma clareira entre os cogumelos. Na verdade, ao rugir, parece até que está choramingando.

— Vocês acham que ele tá ferido? — a Mindy sussurra.

— Não sei. — A Daz dá de ombros.

O Oggie empunha o machado.

— Agora seria o momento perfeito pra atacar!

Os dois Timbos inclinam a cabeça.

— Calma, calma! O Zaraknarau não é uma criatura dessa estatura.

— Hein? — eu digo, confuso.

— É sabido que esse ser que estamos a ver é conhecido como Ograunoque.

— Ograunoque? — A Mindy reflete. — Não pode ser. Essa criatura ali é a rugifera. A rugifera é o Zaraknarau, não é?

> Não é, não. Ograunoque é o ser que estamos a ver...

> O poderoso Zaraknarau é um ser que NÃO estamos a ver.

— O Ograunoque é uma fera mortal... mas ainda mais letal é o Zaraknarau — os Timbos continuam. — Mais bitelo do que árvore-cogumelo, com oito patas para na mata correr e oito olhos para ver.

— Você falou que a rugifera é mais alta do que as árvores-cogumelos? — o Oggie se impressiona.

— Você falou OITO PATAS? — As minhas mãos começam a suar. — O Zaraknarau é uma ARANHA?!

A Mindy coça o queixo, contemplando.

— Acho que pode ter havido um erro de tradução. Nós *imaginamos* que os gogumelos estivessem falando sobre a rugifera quando disseram "Zaraknarau". Mas eles estavam se referindo a outra criatura!

— E então o que destruiu a linha do trem? — eu pergunto. — Foi a rugifera, não foi?

— Não tenho certeza — a Daz afirma, olhando pra criatura. — Veja o tamanho dele. Nem é tão grande assim.

— Tem razão. — A Mindy consulta o caderno. — O livro que lemos na biblioteca diz que uma rugifera adulta tem cerca de dez metros. Esse aí não deve ter nem metade disso!

— E olha como ele está choramingando... — a Daz diz baixinho.

> Acho que ele é só um bebezinho. Assustado e solitário.

> Acho que ele tá PERDIDO no Labirinto de Cogumelos. Como nós.

A Daz se levanta de repente e desce marchando a ladeira na direção da rugifera.

— Daz! — eu falo sussurrando. — O que você vai fazer?! — Mas ela apenas ergue a mão e continua se aproximando da criatura.

E de repente a rugifera se vira e solta um rugido feroz. A Daz recua ao ver a criatura mostrar os dentes.

Eu saco a minha espada e faço menção de ir pra cima. Mas a Daz acena pra eu ficar onde estou.

A Daz dá um passo pra frente, e a rugifera volta a se encolher. A criatura pode mordê-la a qualquer momento, e o meu medo é esse, mas a Daz prova que tem mesmo jeito com os animais.

— Isso aí — ela o amansa. — Eu não vou te machucar.

Ela se aproxima mais um pouquinho e coloca a mão na rugifera. A criatura estremece, e eu também, mas a Daz insiste, e acaricia o monstrengo como se fosse um bichinho de estimação.

— Ela tá maluca? — o Oggie sussurra pra mim.

— Não — eu digo. — Ela tá arrasando.

— E aí? O que vocês estão esperando, garotos? — a Daz insiste. — Venham fazer carinho nele. Ele é bonzinho.

— Que incrível, Daz! — A Mindy se diverte acariciando o bichão. — Você é boa mesmo com os animais.

— Você, de nome Daz — dizem os Timbos —, tem igual valor de um antigo domador de feras, porque sabe o que faz.

— Ah, valeu! — a Daz responde.

O Oggie acaricia o couro do animal.

— Até que ele é bonitinho. Vamos dar um nome pra ele?

Eu levo a mão à cabeça do bicho e faço uma cosquinha por trás da orelha dele. Ele se aproxima pra ganhar mais carinho, e de repente...

SLURP

— Eita, acho que ele gostou de você, Coop! — o Oggie exclama, e todo mundo cai na gargalhada, até os Timbos.

— Que sorte a minha... — Eu rio junto, coberto de gosma. — Mas acho que podemos ter achado um nome pra ele: Lambão!

— Lambão, gostei! — Rindo, a Daz afaga o nosso novo amiguinho. — Você é tão fofo!

— Calma, mas se o Lambão é um filhote de rugifera, onde será que está a mãe dele?

— Boa pergunta, Oggie. — A Mindy afaga o bichão, distraída. — E se a mãe dele tiver sido morta ou ferida pelo Zaraknarau? E se agora o Lambão estiver à própria sorte?

Estávamos todos considerando as possibilidades quando ouvimos um rugido distante retumbar no silêncio. O Lambão se encolhe e começa a choramingar de novo.

— Zaraknarau! Zaraknarau! — gritam os Timbos.

Outro rugido atravessa o ar, acompanhado por passadas que fazem o chão tremer.

— Que barulhão! De onde será que tá vindo? — eu grito pra ser ouvido mesmo com todo aquele barulho.

— Não sei — a Daz responde, gritando.

Antes de conseguirmos entender o que está acontecendo, as árvores-cogumelos que estão a menos de quinze metros de distância de nós tombam no chão, produzindo um estrondo.

E então ele surge. O maior monstro que eu já vi em toda a minha vida.

E, pra minha sorte, é claro que ele se parece com uma *aranha...*

ROAARRR

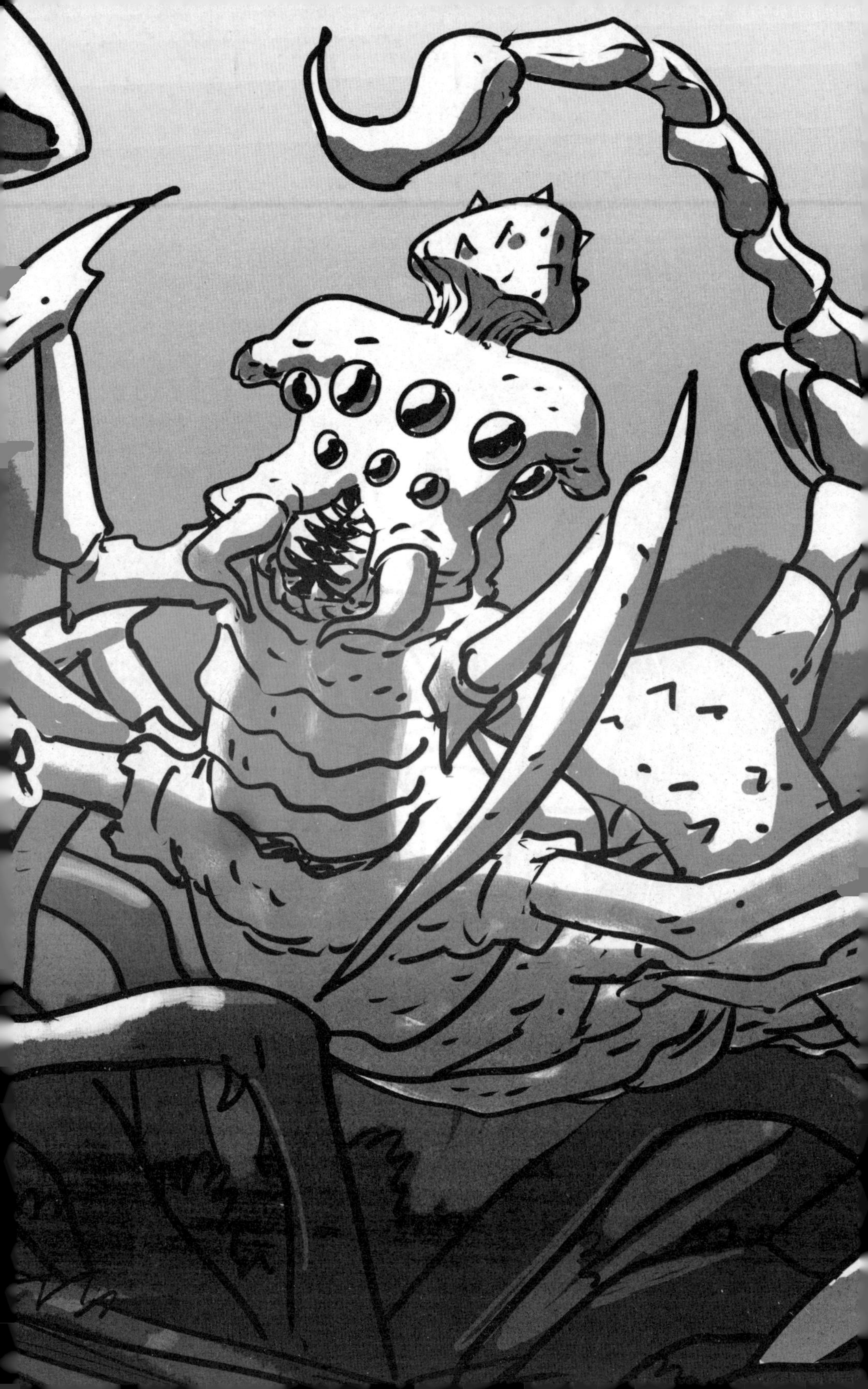

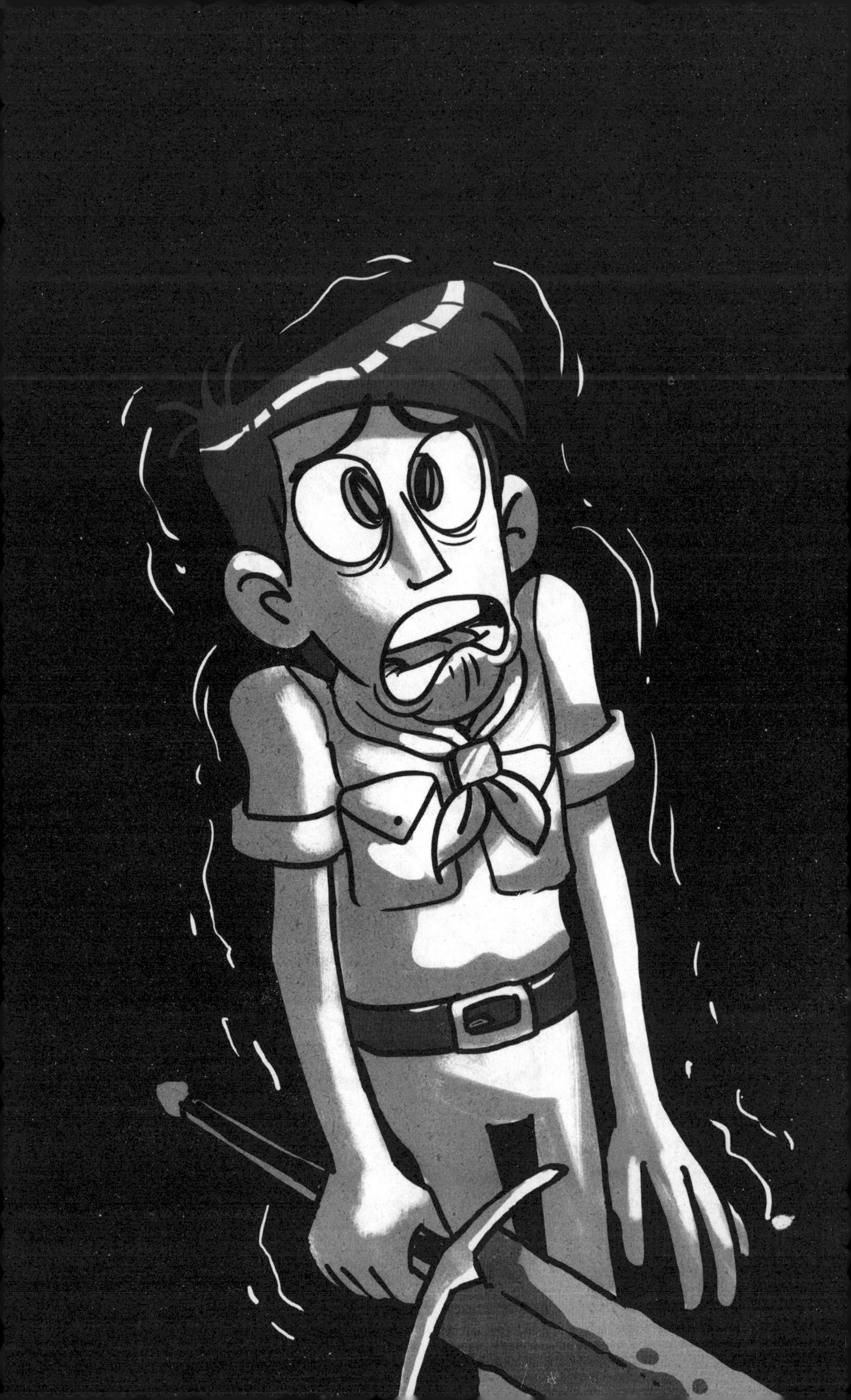

CAPÍTULO 20

— ISSO NÃO PODE ESTAR ACONTECENDO. — ESTOU petrificado.

De todos os monstros que existem no mundo, o Zaraknarau tinha que ser uma aranha! É basicamente a criatura mais aterrorizante que eu poderia imaginar. Enorme? Com certeza. Malvada? Pode crer. Um colosso de uma ARANHA incrustada de fungos? Exatamente!

Vendo a sombra da mega-aranha se projetar sobre mim, não consigo segurar uma risada. Chega a ser engraçado. Ou será que estou chorando? É difícil dizer, porque o sangue corre tão gelado nas minhas veias que não sinto mais o meu corpo, e os meus pés ficam paralisados.

Para falar a verdade, não sou capaz de mexer nem as minhas pálpebras. E como eu queria piscar! Porque, se eu piscasse, talvez conseguisse acordar deste pesadelo aracnídeo horrendo!

Pronto, pisquei! E agora?

Nada feito. Não é um pesadelo. Realmente tem um monstro meio aranha e meio cogumelo titânico na minha frente e, pelo jeito, ele quer mesmo destruir nós todos.

— Cuidado, Coop! — O Oggie se joga sobre mim.

TUMP

Nós dois caímos no chão com força e rolamos pra nos afastar da pisada forte da aranha.

— Você tá maluco?! — o Oggie grita comigo, me erguendo do chão. — Corre!

A Daz lança no ar uma das adagas e a pega de volta entre a ponta dos dedos. Dando um giro rápido, ela atira a adaga na perna da aranha.

O Zaraknarau solta um rugido horripilante, sem se deixar abalar pela adaga fincada na perna. Ao bater cada uma de suas oito pernonas, os seus passos fazem a terra tremer como um terremoto.

— Corram! Vem, Lambão! — a Daz grita.

O Lambão rosna com braveza, e os seus espinhos se ouriçam nas suas costas escamosas.

— Com a Daz concordamos, pra longe nós já vamos. — Os Timbos dão-se os braços, um brandindo o escudo, e o outro, a lança.

— Não há pra onde ir, aventureiros — diz alguém.

Aquela voz. A voz *dele*. O estranho que explodiu o túnel bem na nossa frente! De trás de um emaranhado de fungos, surge o estranho, ainda escondido por um capuz.

— Devo admitir, estou surpreso por vocês terem chegado tão longe.

— Você! — as palavras escapam da minha boca como um jato de água fria.

O estranho ri, e sobre ele o corpanzil do Zaraknarau vai parando devagar. Muitos daqueles olhos piscam pra mim, esfomeados.

— Como você faz isso?

Como você controla o Zaraknarau? — A Daz olha embasbacada pra criatura.

— Exilados podem fazer muitas coisas.

Pela primeira vez, vejo um sorriso maligno por baixo da sombra do capuz do sujeito.

— Exilados? Quem é esse cara? — o Oggie pergunta, com a voz vacilante.

Não posso acreditar nos meus olhos. Eu só o vi uma vez em uma foto minúscula no artigo que encontramos na biblioteca, mas tenho certeza de que é ele.

— É o Dorian Ryder — eu digo.

— Dorian Ryder? — A Daz e Mindy tomam um susto ao mesmo tempo.

— Não pode ser... — O Oggie chacoalha a cabeça.

Eu dou um passo à frente.

— Você foi expulso da Escola de Aventureiros.

— Isso mesmo — o Rider responde, ríspido, olhando feio pra mim. — Ser expulso da escola foi a melhor coisa que me aconteceu.

— Como é que é? — A Mindy o encara, incrédula.

— Quem são eles pra dizer quem é digno de ser um aventureiro? Quem são eles pra acabar com o sonho de uma pessoa? Vocês ficam se prendendo àquela bobagem de Código do Aventureiro! Não enxergam nada além do próprio jeito ultrapassado de fazer as coisas!

O Ryder faz um gesto com seu cetro reluzente.

— Qualquer um pode ser um exilado. Não ficamos amarrados a tradições engessadas. Se você tiver coragem, ninguém o rejeitará aqui. Os exilados são o futuro. Somos livres pra pegar o que quisermos, quando quisermos.

— Você tá errado! — eu grito. — Não é assim que a exploração funciona! Você... você machucou os seus colegas só pra vencer.

— E daí? Exploração não é para os fracos. Não existem REGRAS. Caiam na real, nós somos caçadores de tesouros, somos saqueadores de tumbas, somos destinados a ser os líderes de todos esses lugares esquecidos que ninguém nunca viu. Não é lugar pra fracotes.

— Não — eu contraponho, com firmeza. — Somos aventureiros. Encontramos coisas perdidas. Aventureiros de todos os cantos de Eem que se reúnem pra descobrir a magia do nosso mundo.

O Ryder franze os olhos.

— Como é o seu nome, garoto?

Eu olho para os meus amigos e volto a olhar pro Ryder.

— Coop Cooperson.

— Certo, Coop... chegou a hora de eu ensinar uma coisinha pra você e seus amiguinhos aventureiros. — Ryder ergue a mão, brandindo o cetro. — Preparem-se! Eis aqui o Servo Cortante, o cetro da Rainha Fera Nilathar do Santuário Cintilante!

— É o que de quem? — O Oggie espia na minha direção.

— Rainha Nilathar. Fundadora da primeira dinastia duorgue — informa a Mindy, muito séria, erguendo os óculos. — Diz a lenda que ela usava magia pra controlar as feras sombrias do Abismo Impossível pra conquistar as Subterras. Sórdida mesmo.

— As feras sombrias do Abismo Impossível? Que ótimo... — O Oggie engole em seco.

O Dorian solta uma gargalhada.

— Você estudou direitinho. Com este item mágico, eu posso fazer qualquer animal me obedecer!

De repente, os olhos do Zaraknarau parecem ganhar vida, como se estivessem saindo de um transe. A pedra do cetro estala e faz um zumbido quando o Dorian grita:

— Zaraknarau! Atacar!

O monstro ruge, produzindo um barulho tão alto e penetrante que a única coisa que ouço em seguida é um zumbido agudo bem no fundo do ouvido. Nós todos nos encolhemos, horrorizados.

Sem vacilo, saímos correndo quando vemos a aranhona disparando atrás de nós, com aquele peso todo esmagando tudo por onde passava, como um rolo compressor gigante na Floresta dos Fungos. Com a sua cauda imensa, parecida com a de um escorpião, ela arrancava as árvores-cogumelos do chão e as atirava na nossa direção.

Tudo o que conseguimos fazer foi entrar em uma caverna próxima dali, escapando por pouco das mandíbulas e das garras do monstrengo.

— Corram! — a Daz grita ao ver o Zaraknarau saltar com todo o seu peso pra nos atacar.

> Rápido! Por aqui!

Ele corre tão rápido que não consegue mais parar e, com o impulso, bate com toda a força na parede da caverna.

A gente se manda pro fundo da caverna, com pedras e um pó fino caindo nas nossas cabeças.

— Peraí. — Com os olhos se acostumando à escuridão, eu consigo ver que aquela caverna escura está coberta de cogumelos e de uma gosma cinza que parece teia de aranha. — É impressão minha ou acabamos de entrar na toca do Zaraknarau?!

— Eu trouxe vocês exatamente pra onde eu queria! — o Ryder vocifera, dando um sorriso sinistro. Ele anda devagar, despreocupado, brincando com o cetro mágico e apontando-o pra criatura, que se enfia dentro do buraco escuro pra tentar nos pegar.

— Corram! Vão pro fundo da caverna! — a Daz ordena, com o Lambão ao seu lado.

— Vocês não têm onde se esconder! O Zaraknarau vai fazer todo o trabalho sujo por mim, exatamente como planejei...

— Por que você tá fazendo isso?! — pergunto.

— Você bem que gostaria de saber... — o Ryder debocha. — Mas por que eu contaria os nossos planos pra um grupinho de recrutas?

— *Nossos* planos? — eu sussurro pro Oggie.

— Pelo menos nós não fomos expulsos! — o Oggie retruca.

— Nós vamos ser aventureiros mirins! E depois disso, subiremos até o nível de aventureiro!

— Cale-se! — A entonação do Ryder fica séria e ameaçadora. — Eu sou melhor do que vocês. Sou melhor do que TODOS vocês. Está vendo aqueles casulos ali? É o melhor que a Escola de Aventureiros tem a oferecer. Que lamentável...

Ao me virar, vejo uma parede cheia do que me parecem ser pessoas indefesas presas em casulos feitos da teia grudenta do Zaraknarau. Toda a nossa turma deveria estar ali!

— Sério? É isso o que quer? Vingança? — a Daz tira sarro. — Só porque você foi expulso da escola?

O Dorian ergue a cabeça feito uma víbora, tentando nos ver na escuridão.

— É mais do que vingança! — ele esbraveja, com a voz ressoando na caverna. — A Escola de Aventureiros já era. Agora os exilados dominam. Sob a liderança do nosso mestre, vamos criar uma nova geração de aventureiros, do tipo que a Terra de Eem nunca viu antes.

— Mestre? Que conversa fiada é essa? — o Oggie resmunga, sem entender nada.

— Sei lá — respondo. — Mas precisamos libertar essas pessoas, ou elas já eram!

Então, ouço uma voz familiar atrás de mim:

— Socorro! Me tirem daqui!

Eu corro até os casulos, espatifados na parede como uma bolinha de cuspe. Um deles, pendurado mais pra baixo do que os outros, grita com uma voz abafada:

— Socorro! Socorro!

Eu corto uma fita grossa e gosmenta da rede com a minha espada enferrujada e puxo o Zeek pra fora pelo braço.

— Ei, seu cabeção! Você quase me cortou!

— Por nada, Zeek — resmungo, ajudando-o a ficar de pé.

A voz do Dorian ecoa à nossa volta.

— Chega de conversinha! Fim da linha pra vocês!

— Cuidado! — o Zeek grita.

Ao virar a cabeça, vejo o Zaraknarau erguendo as pernas da frente ao ouvir a ordem do Dorian Ryder, recuando pra atacar.

O Zeek se joga pra cima de mim, e nós rolamos pra nos desviar das quatro pernas gigantescas que batem com tudo no chão. O golpe é tão poderoso que a pedra debaixo dos nossos pés quebra como vidro. O Time Verde se dispersa quando a criatura aracnídea pisa no chão de novo. O Dorian tem razão sobre uma coisa. Não há mais onde se esconder.

— Nunca se separar do grupo! — eu grito para os meus amigos, com a voz trêmula. — Mantenham as posições!

E, pra minha surpresa, eles param onde estão. Até o Zeek. Nós todos ficamos juntos, como um time, e encaramos o monstrengo.

O Zaraknarau abre a sua boca cheia de espuma. Um bafo quente e podre nos atinge no rosto e, emitindo um som devastador, a aranha monstruosa solta um jato de saliva e meleca.

A Daz corre na direção das patas da frente da criatura e a acerta mais uma vez, rolando em seguida pra recuperar a primeira adaga.

— Acerte nos olhos! — ela grita, e lança as duas lâminas de pedras reluzentes na direção da fileira de olhos pretos.

TINC TINC

O Oggie ataca a cara gigante e horripilante da fera e a acerta na cabeça com o machado.

CA-CLANG!

A Mindy sobe uns três metros esvoaçando e lança uma flecha com ponta de cristal, que passa zunindo pelo peito do monstro.

O Zeek se posiciona pra um arremesso e atira uma pedra que se desfaz na carapaça de quitina da aranha como se fosse uma bolinha de terra.

Os Timbos unem os braços, correm na direção do Zaraknarau e pressionam o escudo contra as suas mandíbulas inquietas, fincando uma lança na boca do bichão.

TCHÁ!

Eu ergo a minha espada enferrujada pra atacar, mas o olhar ameaçador do Zaraknarau me faz hesitar. Percebo que ele VÊ o meu medo e, de repente, a espada parece mais pesada nas minhas mãos. Eu golpeio com toda a minha força, mas a minha arma quica de um jeito esquisito ao tocar naquela carapaça dura e encouraçada.

E então o monstro contra-ataca. Eu ergo a espada pra bloquear, mas a pata violenta da criatura golpeia com tanta força que sinto que perco o ar. Deslizo pelo chão, sem me dar conta de que a sombra da criatura está cada vez mais perto de mim. Sinto dor nas costelas, as minhas costas latejam. Experimento um gosto metálico de sangue na boca.

— Cuidado, Coop! — O Oggie me agarra pelo pulso e me tira do caminho do golpe bem na hora.

> Vocês não têm como vencer. O animal está sob o MEU controle

> Todo o poder dele é o MEU poder.

Desesperados pra encontrar algum lugar protegido, nós nos abaixamos atrás de um monte de pedras e teias pra reunir o grupo. Estamos todos suados, sem fôlego e cobertos de cortes e arranhões.

— O que vamos fazer? — O Zeek me encara com medo no olhar.

Os outros estão do seu lado. Eu vejo como eles estão assustados e receosos.

— Não aguento mais ouvir a voz daquele sujeitinho. — O Oggie rosna. — Por que não atacamos *o Dorian*?

A Daz limpa o suor do rosto.

— Mesmo se atacarmos e conseguirmos fazê-lo perder o controle do Zaraknarau, ainda vamos ter que dar um jeito no monstrengo.

— Não adianta! — A Mindy ergue as mãos. — O exoesqueleto dele é praticamente impenetrável.

— *Aquela coisa* deve ter algum ponto fraco — o Zeek palpita.

Analisando a anatomia da criatura, a Mindy aponta pra uma protuberância que parece um fungo em cima da cabeça do Zaraknarau.

— Ali! Deve ser o cérebro dele! Olha só como pulsa! Isso quer dizer que aquela parte não é protegida por um exoesqueleto!

— Deve ser o cérebro dele? — O Oggie olha pra mim, preocupado.

A Mindy encaixa outra flecha no seu arco reluzente.

— Só tem um jeito de descobrir!

— Ele tá vindo! — o Zeek berra, espiando por cima das pedras.

— Precisamos distraí-lo! — afirmo.

Nós nos olhamos, perdidos. E, de repente, o Lambão começa a arfar, com a língua gigante cheia de baba pendurada pra fora da boca.

O Lambão sai do esconderijo e corre de cabeça no espaço aberto, ofegando a cada passo. O Zaraknarau recua, surpreso, e como dois titãs dos primórdios, eles se olham e então se atacam. Cada golpe parece o ribombar de um trovão.

O Dorian Ryder consegue se desviar da cauda do Lambão batendo no chão.

— Vai, atira! — eu grito pra Mindy ao escutar o estrondo das pernas do Zaraknarau vindo na nossa direção, batendo a cauda e rangendo as mandíbulas.

O Zaraknarau solta um guincho que parece um milhão — não, um *bilhão* — de unhas arranhando um quadro negro. As pernas dele cambaleiam. Os olhos piscam. E, então, com a força de uma montanha, o monstro começa a cair.

Dorian Ryder sai correndo, pra tentar escapar do impacto do monstro. Mas o pé dele fica preso em uma pedra, e ele tropeça, deixando cair o cetro mágico!

— Não! — O Ryder se põe a apanhar os estilhaços. — Seus idiotas! Sem o Servo Cortante, eu não consigo controlar...

O Zaraknarau tenta se levantar com dificuldade, mas cai nas pedras ali perto, derrubando o Ryder no chão. Ele recua e solta outro rugido monstruoso, extravasando toda a sua fúria, como se tivesse acabado de ser libertado de uma corrente de mil quilos. O Zaraknarau vira a cabeça e fixa os olhos no Dorian, e um rancor profundo contra o exilado praticamente vaza das suas mandíbulas.

— Acabou pra você, Ryder! — eu grito.

O Dorian ferve de raiva.

— Não acabou, não! Isso é só o começo! O nosso plano já está em movimento. Vocês todos vão morrer! — O Ryder fica em pé e tira uma pedra preta das pregas da sua capa. Uma luz escura surge, crepitando e abrindo um portal mágico, que fica girando atrás dele.

— Os exilados irão se vingar! — ele berra, enfurecido.

Não acredito no que vejo.

— Ele sumiu! Ele... ele desapareceu!

O Zaraknarau ataca o portal, já sumindo, com as suas garras. Mas em um piscar de olhos o portal desaparece de vez. Visivelmente nada feliz, o monstro solta um grito enfurecido.

A Mindy não perde tempo e dispara mais uma flecha contra o cérebro do monstro. Mas o Zaraknarau só fica mais bravo, e agora volta toda a sua ira pra Mindy.

Ele vem com todo o seu tamanho pra cima dela, que sem dúvida será esmagada se eu não fizer nada.

— Cuidado! — eu grito, mas não consigo alcançá-la.

O monstro vem pisando forte.

Mas, no último segundo, a fera de repente dá uma sacudida pra trás.

— Oggie?! — Fico chocado com o que vejo.

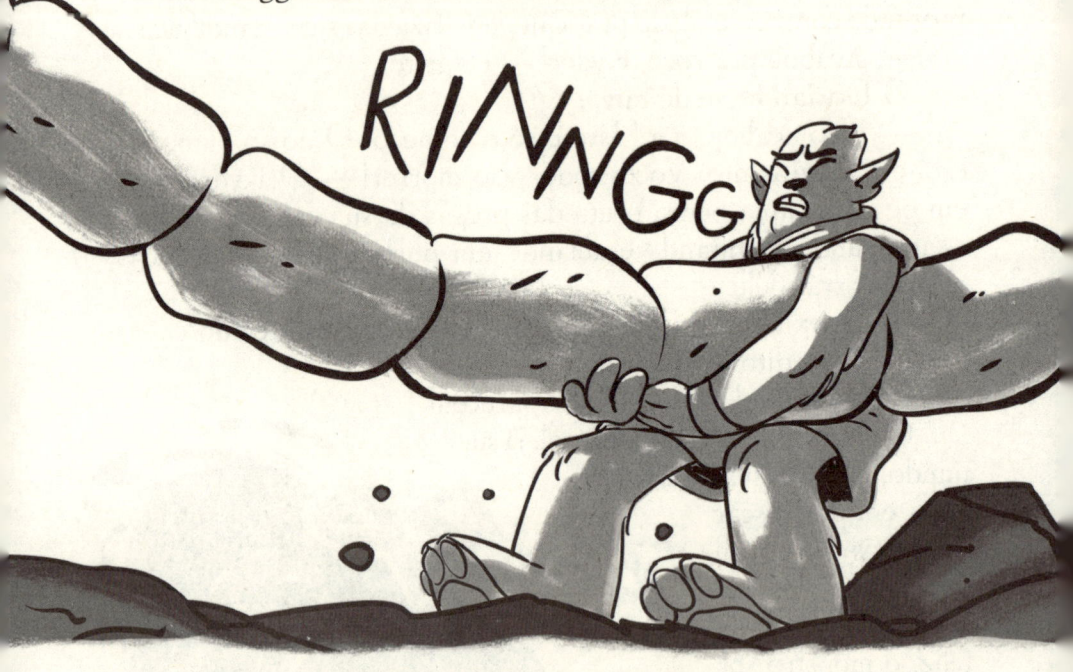

Com uma força de outro mundo, o Oggie contém a criatura, ganhando tempo pra Mindy escapar! Mas ele não consegue segurar por muito tempo. Batendo a cauda feito um chicote, o Zaraknarau acerta o Oggie, e ele voa pra longe, caindo no meio das pedras.

— Oggie! — Num movimento espetacular, a Daz pula nas costas do Lambão e, segurando firme, ela guia aquela montaria assustadora em uma escalada de vida ou morte pela parede da caverna.

A rugifera sobe pelas pedras cravando as suas garras poderosas nas pedras.

O Zaraknarau solta o seu ferrão contra a Daz e o Lambão. Eles escapam por pouco, e a força do golpe cria uma rachadura na parede da caverna.

— Para o monstro matar, as nossas forças devemos somar! Distraiam a fera! — E os Timbos arremessam a lança contra o Zaraknarau.

O Zeek arremessa outra pedra, dessa vez acertando bem no olho da criatura. O Zaraknarau ruge, bate os pés no chão e se vira com a intenção de atacar o Zeek.

— Ooops! — O Zeek engole em seco.

— Cuidado! — E eu acerto a fera.

O Zeek, de olhos arregalados, tenta se esconder atrás de uma rocha, mas a fera lança uma enorme teia e o captura, prendendo-o na pedra como um inseto.

— Coop!

Porém, antes de eu conseguir responder, o Zaraknarau gira a sua cabeçona e guincha pra mim, com os olhos chamejando uma luz escura. Dessa vez, eu sou dominado pelo medo e os meus joelhos travam. Sinto-me igual a quando fiquei pendurado no cipó no Desafio Simulado e o senhor Quelíceras me olhava, parecendo enxergar dentro da minha alma.

— Coop! O que você tá fazendo? Ataca! — a Mindy grita.

Eu me atrapalho com a minha espada ao tentar firmar as pernas, que não param de tremer. O Zaraknarau se vira para os Timbos e atira os dois pra longe, na direção das pedras cobertas de teias. Eles se estatelam como se fossem duas bonequinhas de pano.

Na minha cabeça, eu digo: *Ei, você, cabeça de aranha! Aqui!* Entretanto, as palavras não saem. Tudo o que faço é ficar ali, olhando a Mindy mirar o arco pra atirar de novo. Contudo, o monstro enfurecido se debate, fazendo-a cair pro lado, e a flecha dela acaba indo parar no teto.

Talvez o Zeek estivesse certo. Talvez este mundo subterrâneo sinistro cheio de monstros e labirintos não seja um lugar pra humanos. Talvez eu não leve jeito pra ser aventureiro. Talvez eu seja mais um fracassado, como o Dorian Ryder! Bom, fora a parte de ser um exilado do mal.

— Uma ajudinha aqui não faria mal, bro! — O Oggie tá todo estropiado e machucado, mas se levanta e se defende com o escudo quando aquela criatura cruel e cheia de espinhos tenta golpeá-lo.

Eu sei que falhei. E sabe o que é pior? Saber que decepcionei os meus amigos.

Naquele momento, a sombra da fera começa a crescer e me esconde naquela escuridão em forma de aranha.

Eu ergo a espada, mas, antes de balançá-la no ar, o monstro golpeia. **FOOOOM!** O golpe é tão forte que sou lançado a quase quinze metros de altura, indo parar no alto de um penhasco.

Por um segundo, tudo fica preto.

— Coop! — a Daz grita.

Eu pisco, e mal consigo enxergar a imagem embaçada da

Daz e do Lambão subindo nas costas do Zaraknarau.

Sinto o meu corpo todo tremer ao tentar me levantar e, quando torno a piscar, tenho a sensação de estar vendo tudo duplicado. A Daz, pronta para dar um golpe, está a poucos metros do cérebro pulsante em formato de cogumelo do Zaraknarau.

— Vai, Daz! — eu incentivo, rouco. — Você consegue!

O Zaraknarau derruba a Daz e o Lambão no chão, e eles caem rolando até chegar perto do Oggie, da Mindy e dos Timbos. Horrorizado, vejo a aranha lançar a sua teia em cima dos meus amigos, prendendo-os ao chão em casulos, como todos os outros.

Agora não tem mais jeito. Nós fracassamos. Eu fracassei. Como aconteceu no Desafio Simulado. Só que desta vez... nós vamos morrer de verdade.

Exatamente como quando o trem-púlver descarrilhou, a minha vida parece passar como um filme diante dos meus olhos. Tudo fica em câmera lenta e eu volto no tempo.

Pra quando eu morava no Condado.

Eu me vejo no meio da lama, com um toco de madeira na mão, e o meu irmão chora, pedindo ajuda ao ver um langrogo se aproximar dele no lamaçal.

Volto pra quando estou pendurado no cipó no Desafio Simulado, com o senhor Quelíceras rastejando lá embaixo, tentando me alcançar naquele poço escuro.

E pra Escola de Aventureiros, onde o Zeek e o Axel riem da minha cara e o resto da turma fica olhando em silêncio.

Sinto a dor do soco do Zeek no meu nariz.

Vejo o Timbo quase morrer nas mãos dos brutolhos naquele poço cheio d'água.

Vejo os meus melhores amigos encasulados como insetos na teia de uma aranha monstruosa.

Ouço o Dorian Ryder rindo maleficamente ao nos ver diante da morte.

E compreendo que todos aqueles momentos estão conectados. Eles são como uma bola enorme de sensações que, no fundo, estão sempre me desafiando. Penso até onde eu cheguei e como as coisas têm sido difíceis na escola. Por não me encaixar. Por sempre ter medo. Por pensar que sempre vou fazer besteira. Lembro-me de tudo que a minha família precisou abrir mão pra me dar a chance de ter a vida que eu queria.

E, por fim, penso nos meus amigos. A Daz, o Oggie, a Mindy e os Timbos — poxa, até no Zeek. Eles contam comigo. Todo o Reino Gogumelo está contando comigo!

Seguro bem forte no cabo da minha espada enferrujada. Sei que não tenho muitas chances, mas é melhor do que nada. Preciso tentar.

Uma onda de energia invade o meu corpo quando vejo o Zaraknarau se aproximar dos meus colegas desesperados. Então, como se pudesse sentir a minha vontade de enfrentá-la, a aranha horrorosa vira aquela cabeçona pra mim, rangendo e batendo as mandíbulas. A saliva pinga e escorre até o chão.

— Sai de perto dos meus amigos! — eu ordeno e ergo a minha espada enferrujada acima da cabeça.

Posso até estar enganado, mas nessa hora ouço um barulho assombroso que só pode ser a risada medonha do monstro.

— Não tenho medo de você! — Eu fico parado, vendo o Zaraknarau se erguer.

As suas pernas cheias de força vêm na direção do penhasco, muito mal-intencionadas.

Sem hesitar, eu puxo a espada pra trás e corro pra saltar em cima do monstro.

Você leu direitinho. Sem hesitar. Talvez a gente nunca passe no Desafio Final ou ganhe a medalha de Aventureiro Mirim. Mas não faz mal. Porque, não importa o que aconteça, eu não vou deixar esse aracnídeo parrudo machucar os meus amigos. Dane-se que ele é uma aranha monstruosa e gigante. Eu vou em

PRINCÍPIO #10 DO CÓDIGO DO AVENTUREIRO:
A SORTE SORRI PARA OS FORTES!

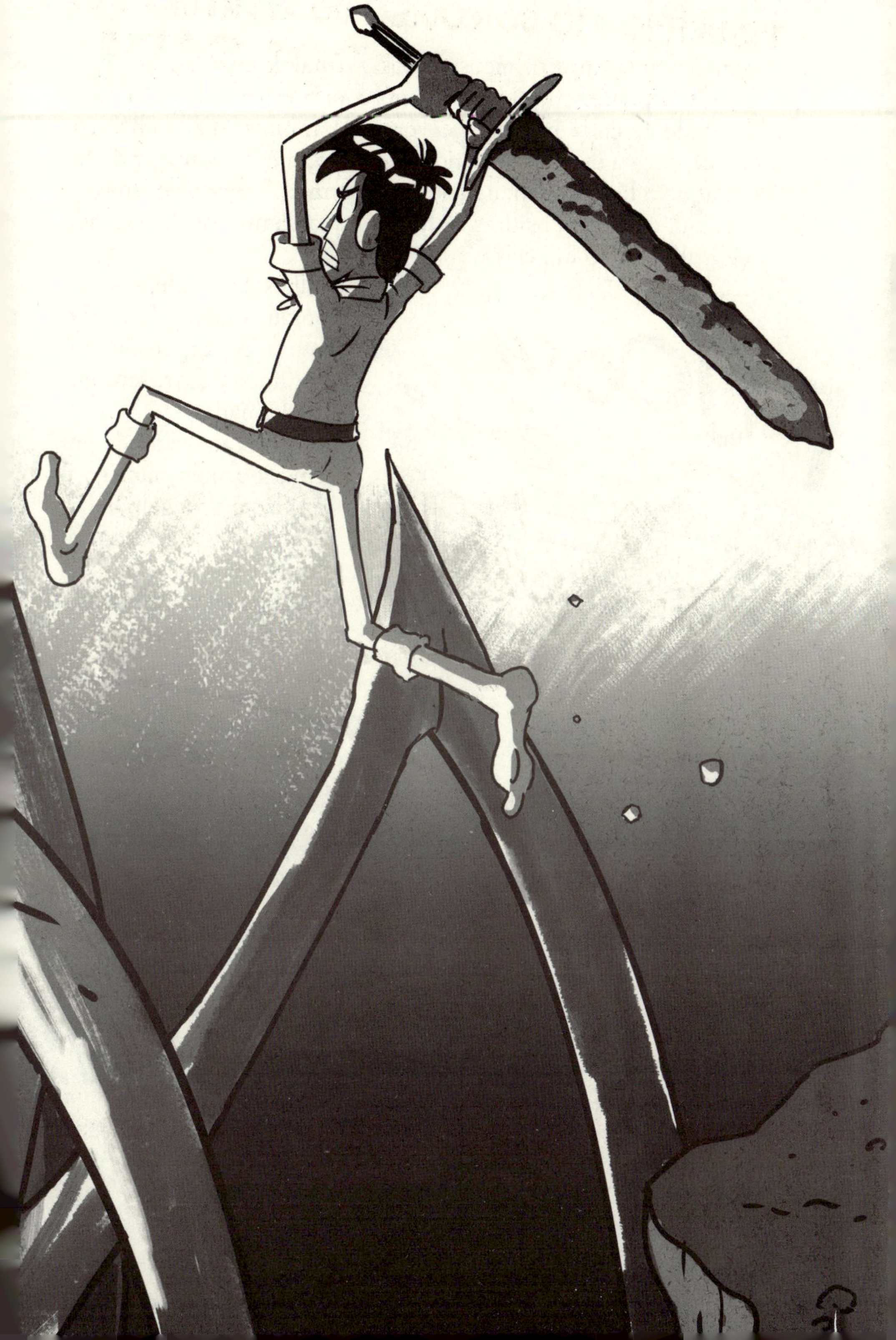

frente. Vou encarar os meus medos. Afinal de contas...

De repente, enquanto eu caio com a espada na mão, uma luz verde azulada inunda a caverna. A minha espada enferrujada começa a estalar e se enche de energia e, num piscar de luzes, aquela lâmina capenga se transforma. A ferrugem some e a lâmina começa a brilhar, soltando uma chama verde-azulada que brilha como um cristal.

Os olhos de aranha do Zaraknarau se arregalam, e o cérebro de cogumelo começam a pulsar, sem entender nada.

Eu caio gritando em cima do meu inimigo e desfiro um só golpe!

O Zaraknarau solta um grito horripilante, e a caverna toda treme quando a fera gigantesca começa a cambalear.

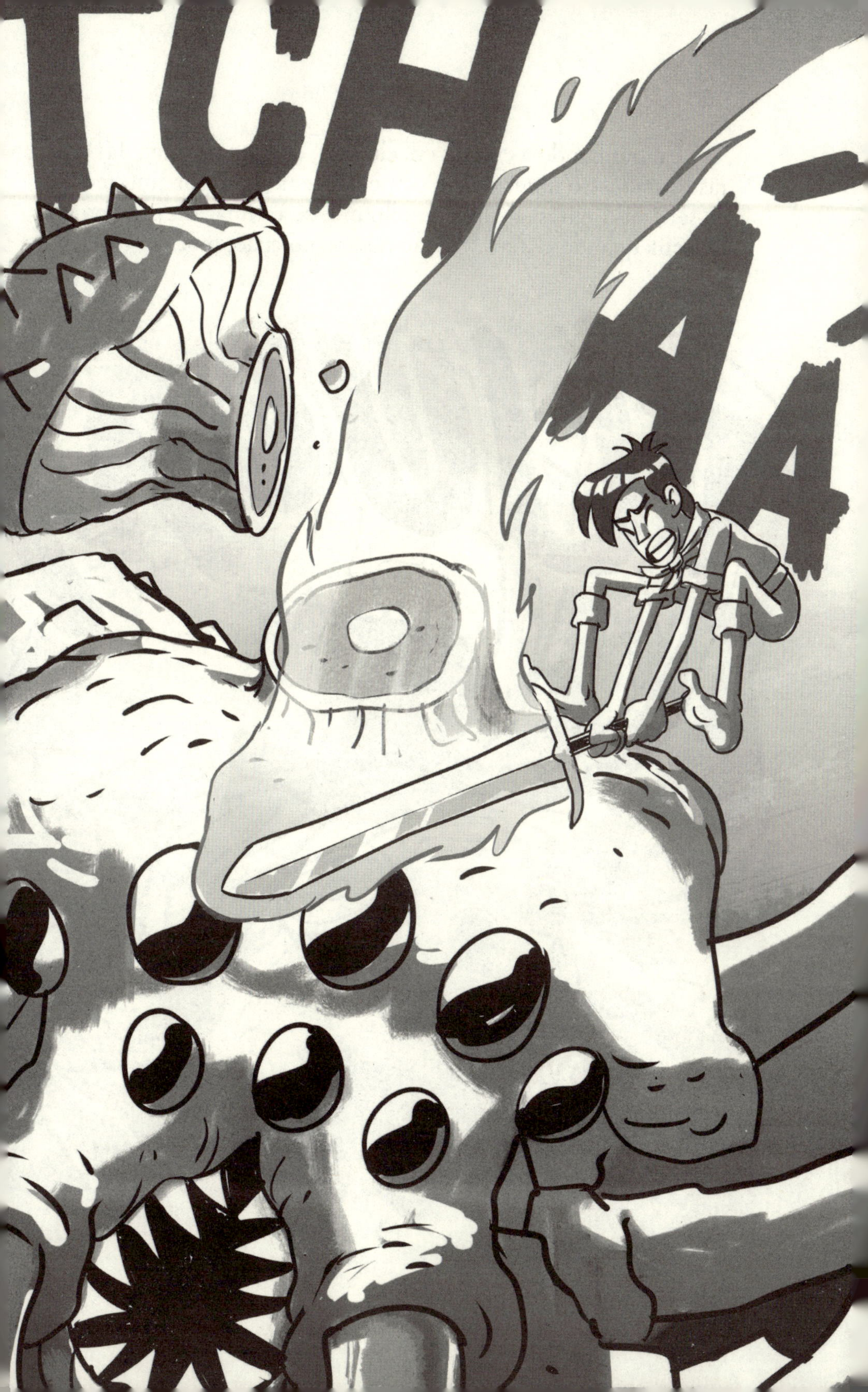
TCH
AA

Empunhando a espada em chamas, eu salto de cima das costas do monstro antes de ele tropeçar de novo e, por fim, fechar os seus oito olhos. Pedras se soltam e se estilhaçam por toda a caverna quando o Zaraknarau desaba no chão, morto.

CAPÍTULO

21

EU ME LEVANTO DO CHÃO E USO A LUZ DA MINHA espada pra procurar os meus amigos. O lugar está cheio de uma poeira tenebrosa que paira no ar, e a sombra da aranha titânica, morta feito pedra, deixa o ambiente ainda mais escuro.

— Ei! Vocês estão bem? — grito, correndo na direção de um amontoado de casulos de teias que não param de se debater. — Eu tô aqui! Aguentem firme! — **TCHAAAA!** Eu corto os fios e os nós cheios de gosma.

O Oggie e os outros conseguem se livrar das teias, e ficam bobos de tanta empolgação.

— Coop! Você conseguiu! — o Oggie exclama, tropeçando pra tentar se livrar daquele enrosco grudento. — Não acredito! HA HA HA! Você acabou com o Zaraknarau!

— Não foi só ele. Nós ajudamos — o Zeek resmunga.

É isso aí, Coop!

Coop! A sua espada! É ela...?

Tímidos, os Timbos dão um passo à frente.

— Não podemos acreditar no que nossos olhos estão a enxergar. Você, Coop, exterminador do Zaraknarau... A espada que você empunha é chamada de Esplendor de Cristal!

A Mindy sussurra, espantada:

— O Esplendor de Cristal...

— A Espada de Cem Heróis! A Espada do Poderoso Miko Morga Megalomungo, o antigo Rei Gogumelo. — Os Timbos se curvam em reverência. — Você foi privilegiado ao receber esse legado, Coop, filho de Cooper. Pois quando a causa for honrada, e a coragem, incontestada, o Esplendor de Cristal brilhará e uma chama se acenderá, provando o seu valor.

De repente, eu lembro que o resto da nossa turma e os nossos professores precisam ser resgatados daqueles casulos nojentos! Assim, abro alguns com o corte afiado da minha espada.

— Venham! Precisamos soltar todo mundo!

TCHÁÁ! TCHIMM! TCHÁ!

— Ai! — o Axel se queixa de dor ao cair do casulo e bater a cabeça. — Cuidado aí, pô!

— Axel! — O Zeek corre pra ajudar o amigo a se levantar.

TCHA!

O Arnie Popplemoose e os demais do Time Azul caem pra fora das teias emaranhadas, um por cima do outro.

Mais um corte com a espada, e lá vem o Time Amarelo!

Em poucos instantes, a turma toda está livre. A professora Clementine, o treinador Quag, o senhor Quelíceras e o diretor Munchowzen se debatem pra se livrar dos nós e da gosma da teia. Todos estão meio atordoados, sem saber direito o que aconteceu, como se tivessem caído num sono profundo e induzido dentro do casulo.

— Coop — a professora Clementine murmura, ajeitando o tapa-olho e ainda meio grogue.

O-O que aconteceu?

O senhor está bem?

Não se preocupem comigo. As crianças estão bem? Alguém se machucou?

UGHHH

Nenhum de nós consegue responder na hora. Ficamos só olhando uns para os outros, como se esperássemos alguém tomar a iniciativa de explicar o que houve. Mas é coisa pra caramba. Nesse momento, eu sorrio para os meus amigos e dou um passo à frente.

— Nós estamos bem — afirmo.

A professora Clementine, ainda vermelha e atordoada, quer saber:

— E o Dorian Ryder... cadê ele?

— Fugiu. — A Daz ergue os ombros. — Desapareceu atravessando um negócio que parecia um portal.

— Fugiu? — Vejo o rosto enrugado e cansado do diretor Munchowzen ficar sério de repente. — Isso é um mau sinal.

— Espera um pouco — diz o treinador Quag, incrédulo. — Quer dizer que a garotada do Time Verde derrotou essa... criatura gigante, essa aranha monstruosa?

— O Zaraknarau — a Mindy corrige.

É só então que o diretor Munchowzen se dá conta de que há um monstro gigante caído atrás de nós.

— *Fungiformus tyrantula*. Conhecido pelo povo gogumelo como o temível Zaraknarau! Essa fera é responsável pela destruição de todo o Reino Gogumelo! O Dorian Ryder tomou controle dela! Mas agora ela foi abatida? Como é possível?

Antes que eu pudesse responder, o senhor Quelíceras dirige os seus passinhos de aranha pra frente. Mas dessa vez eu não me encolho de medo ao vê-lo. Agora é diferente. Não sinto mais medo. E por que eu sentiria? O senhor Quelíceras é o bibliotecário. Que eu saiba, a única aranha tinteira bibliotecária do mundo. E olha como isso é legal, porque eu posso até não ser o único humano que já estudou na Escola de Aventureiros, mas sou o único que estuda lá agora. Eu e o senhor Quelíceras somos *tão únicos*, como diria a minha mãe. Então, de certa forma, nós meio que temos algo em comum.

— Ó céus! — o senhor Quelíceras exclama. — A espada em sua mão, senhor Cooperson. Eu posso estar muito enganado, mas... me parece ser o lendário Esplendor de Cristal.

Os Timbos se juntam a mim.

— Não, não, você está cheio de razão. Coop, filho de Cooper, porta o Esplendor de Cristal, a espada de Miko Morga Megalomungo, soberano do Reino Gogumelo.

A professora Clementine parece tomada de surpresa.

— O povo gogumelo!

— Não é possível! — O treinador Quag arregala os olhos.

— Que incrível! Há décadas nenhum aventureiro tem contato com o povo gogumelo. — O senhor Quelíceras estende duas de suas pernas peludas pra cumprimentar os Timbos. — É um prazer conhecê-los.

— É um grande prazer que o senhor não nos queira comer. — Os Timbos cumprimentam a aranha, apertando as suas patas estendidas.

— Estes são os Timbos — o Oggie diz, orgulhoso, abraçando um com cada braço.

— É uma grande honra. — O diretor Munchowzen dá um passo à frente pra cumprimentá-los também. — Em nome dos professores da Escola de Aventureiros, aceitem os meus profundos agradecimentos.

— As honrarias dadas devem ser reservadas a Coop, filho de Cooper — dizem os Timbos. — Pois ele é o nosso rei.

— Opa... o quê? — As palavras mal saem da minha boca quando a professora Clementine interrompe:

— Com licença. — Ela ri. — Vocês disseram que o Cooperson é o rei de vocês?

Os Timbos respondem:

— Aquele que o Esplendor de Cristal carregar é o escolhido para nos liderar, um herói em uma longa linhagem de heróis de coragem. Um bravo humano que, se desejar, também será do Reino Gogumelo o legítimo soberano.

— Coop, por que você não devolve a espada aos gogumelos? — a professora Clementine sugere.

Eu ofereço a espada, mas os Timbos se escolhem e balançam a cabeça juntos.

— Não!

O senhor Quelíceras esfrega os palpos.

— Hum, então talvez devêssemos colocar a espada no cofre da escola, onde ela ficará segura e...

— Não e não! — os Timbos erguem a voz. — Impossível. Assim que o Esplendor de Cristal seu dono escolher, a espada será apenas dele por todo o tempo que seu reinado se estender.

— Uau... — o Oggie balbucia. — Pelo jeito, o meu melhor amigo é um rei.

— Calma, deixa ver se eu entendi bem. — Franzo as sobrancelhas. — Você disse que, se eu desejasse, eu seria o Rei Gogumelo. E se eu não quiser?

> Porque ainda falta muito pra acabar a escola, e eu vou perder o Desafio Final e tal...
>
> Não sei se vou ter muito tempo, entendem?

> O rei se pronunciou! E do trono abdicou! Vida longa ao não rei!

— Vamos honrar o que o não rei mandar. E para casa pelo Labirinto de Cogumelos voltaremos, onde as histórias do que vivemos compartilharemos. Pois a promessa prometida agora foi cumprida. Os seus nomes e as suas aventuras serão lembrados pelo nosso povo por muitas gerações futuras.

— Ah... legal! — eu digo, sem jeito.

Um de cada vez, o Oggie, a Daz, a Mindy e eu abraçamos os Timbos. Eles não retribuem o abraço, mas sorriem esquisito e se deixam ser abraçados.

— Este é um momento de grande relevância histórica! — comemora o diretor Munchowzen. — Após anos de isolamento, as nossas culturas finalmente se encontram. — Ele se vira pra mim e faz uma reverência. — Senhor Cooperson, há um artefato em suas mãos, uma relíquia poderosa que ficou perdida durante muito tempo e que carrega em si uma rica mitologia e grande relevância cultural. Os gogumelos desejam que você empunhe o Esplendor de Cristal, e respeitaremos a vontade deles. Como um aventureiro em treinamento, espero que esteja consciente do tamanho da sua responsabilidade!

— Eu estou, diretor Munchowzen. — Aceno a cabeça para os Timbos. — Prometo cuidar do Esplendor de Cristal e só usá-lo para o bem.

— Que bom! — respondem os Timbos, acenando juntos. — E se um dia da nossa ajuda precisar, você saberá onde nos encontrar. Adeus, Time que é Verde! Com os nossos sentimentos, levaremos vocês como amigos nos nossos pensamentos.

Saímos da caverna e ficamos acenando até os Timbos desaparecerem na floresta, vendo raios de luz penetrarem por entre as árvores-cogumelos.

— Ei, Cusperson! — o Zeek grita atrás de mim.

Eu me viro e vejo aquele sorrisinho familiar e cheio de dentes, mas algo nele está mais amigável.

— O que foi?

— Olha só, quero esclarecer uma coisinha entre a gente. — O Zeek coloca a mão no meu ombro. — Nós nunca seremos amigos, beleza?

Eu estou prestes a responder alguma coisa gaguejando, mas o Zeek interrompe:

— Mas depois de hoje, digamos que... você não é o pior humano que eu já conheci.

— Ahm... então tá... — Poxa, isso era pra ser um elogio? Pensando em tudo o que a gente enfrentou? Será que dá pra dizer que é um progresso?

O Zeek suspira.

— Não, não. O que eu quero dizer é... — Ele procura as palavras e repete o que disse, meio sem graça: — O que eu quero dizer é... que eu não acho que você deveria ser expulso da escola. Pelo menos não neste ano.

— Eu agradeço, Zeek. — Sei que deve ter sido difícil pra ele falar isso.

O Oggie se aproxima de mim, sorrindo.
— Pelo jeito, você e o Zeek são melhores amigos agora, hein?
— Não é bem assim — contradigo.
Naquele momento, o Lambão, que estava brincando nos escombros, vem até nós arfando, com a língua para fora.
— Cuidado! — grita o treinador Quag, calçando as suas luvas. — Minha nossa! Uma rugífera! Defendam-se!
A professora Clementine e o senhor Quelíceras se encolhem de medo.
— Calma! — A Daz ergue as mãos. — É o Lambão, ele é nosso amigo!
Ao ouvir isso, o Lambão dá uma superlambida na Daz e uiva de felicidade.

— A rugifera é... dócil? — a professora Clementine fica chocada. — Incrível...

O Oggie, então, entra na conversa:

— Nós o encontramos perdido no Labirinto de Cogumelos, como nós.

— Podemos ficar com ele? — A Mindy sorri. — Ele é só um bebezinho.

O diretor Munchowzen se aproxima com cuidado da rugifera.

— Não, não podemos ficar com ele. As rugiferas são criaturas raras que vivem na Subterra. Além disso, os pais desse bichão aqui devem estar muito preocupados. — O diretor põe a mão no focinho dele.

— Ahhh. Mas, diretor... — o Oggie protesta.

Coçando o queixo da fera, a Daz sorri.

— Ele tem razão, Oggie. O lugar do Lambão é na floresta. E se os pais dele ainda estiverem vivos, a família precisa ficar junta. Não podemos separá-los. — A voz dela vacila um pouco, mas eu sei que ela está ~~pensando~~ no que é ~~melhor pro~~ Lambão.

A professora Clementine nos conduz pra fora do Labirinto de Cogumelos, passando por baixo das enormes árvores e pelos jardins de ~~flores fúngicas com os seus~~ grandes esporos coloridos. Por fim, chegamos a uma clareira no final da Floresta dos Fungos.

— Agora você tá livre. — A Daz faz um gesto. — Tchau, Lambão. Vá procurar a sua família.

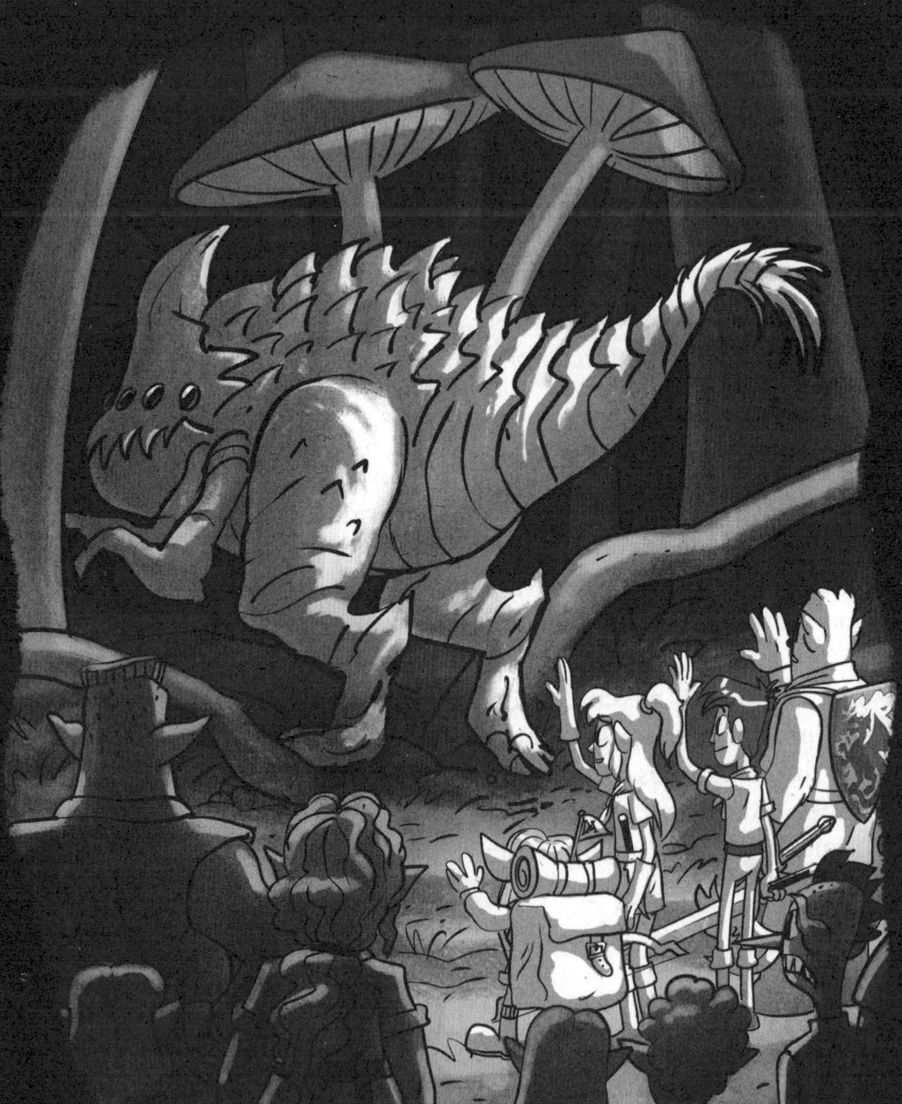

CAPÍTULO

22

DEPOIS DA NOSSA VOLTA, OS ÚLTIMOS DIAS NA Escola de Aventureiros são uma loucura. Todo mundo, inclusive os nossos professores, ficaram impressionados com o que nós conseguimos fazer sozinhos na floresta. Tanto é que o diretor Munchowzen decidiu realizar uma cerimônia especial de premiação em nossa homenagem. E todas as nossas famílias foram convidadas. Show de bola, né?

Mas tem uma coisa me incomodando desde que estivemos na Floresta dos Fungos. Onde foi parar o Dorian Ryder? E quem são os exilados?

Logo antes da cerimônia, vejo o diretor Munchowzen no corredor, indo pro auditório. Ele veste uma capa cerimonial verde-clara e um chapeuzinho estranho de rabicho verde-escuro.

> Diretor Munchowzen! Posso falar um minuto com o senhor?

> Hein?

> Ah, senhor Cooperson. O que foi?

— Senhor, é sobre o Dorian Ryder — eu digo, baixinho.

— Entendo. — O diretor Munchowzen acena, pensativo, e faz um gesto pra seguirmos andando.

— Tem uma coisa que eu não consigo entender, diretor. O Dorian... ele deu a entender que não estava agindo sozinho. Que havia mais gente como ele.

— Você está se referindo aos exilados, certo? — O diretor me olha ao virarmos em um corredor.

— Exato. O senhor sabe quem são eles?

O diretor faz que sim, mas não diz nada. Só consigo ouvir os nossos passos. Então ele suspira e começa a falar:

— Os exilados são um grupo de antigos alunos da escola. Alunos que... não respeitavam o Código do Aventureiro. Eles se arriscaram, colocaram outras pessoas em risco. Não respeitavam ninguém. Eram imprudentes e egoístas. Infelizmente, parece que eles se desviaram e afundaram ainda mais nesse caminho de caos e abandono.

— Mas como eles se encontraram?

— Um homem chamado Lazlar Rake os encontrou. Eles eram almas perdidas. Como eles estavam sem rumo e zangados, Rake se aproveitou deles e lhes ofereceu uma nova vida. E uma maneira pra se tornar uma espécie de aventureiro, sem um código. Sem REGRAS.

— Lazlar Rake? — pergunto em voz alta. — Por que esse nome me parece familiar?

— E é familiar mesmo. — O diretor Munchowzen solta um suspiro entristecido. — O Rake foi o cofundador da Escola de Aventureiros. Fizemos muitas descobertas juntos. O Lazlar era meu velho parceiro, sabe? Mas assim como o Dorian Ryder, o Lazlar se perdeu, muitos anos atrás.

— Antes de o Dorian Ryder fugir, ele disse que aquilo era só o começo... que os exilados iriam se vingar...

— Parece que o Lazlar está disposto a tudo para destruir a Escola de Aventureiros. Ou talvez seja ainda pior: ele pode querer transformar a nossa maravilhosa instituição em um centro de treinamento pra bandidos e ladrões de tumba. Infelizmente, o Lazlar e os exilados não se preocupam nem um pouco em entender e preservar o passado. Eles só querem conquistar mundos ainda não descobertos e guardar os tesouros pra si. Na verdade, o Lazlar é obcecado por um tesouro em específico...

— Que tesouro é esse? — eu pergunto, fascinado.

Nervoso, o diretor Munchowzen alisa o bigode.

— Há mitos e lendas sobre uma antiga relíquia. Os fragmentos perdidos de algo chamado a Pedra do Desejo. O Lazlar acredita que, se os fragmentos forem remontados, o poder mágico da pedra concederá tudo o que ele quiser.

— Uau... Então dá pra pedir qualquer coisa?

— É o que diz a lenda. — O diretor franze as sobrancelhas peludas.

— Que incrível! — Não consigo disfarçar um sorriso, pensando no que eu pediria para a tal pedra. Talvez todas as cópias da *Revista do Aventureiro*? Além da paz mundial e essas coisas todas.

— É... Mas nas mãos da pessoa errada, um poder como o da Pedra do Desejo acaba sendo perigosíssimo. É melhor que esse tipo de poder se mantenha escondido e protegido de gente cruel e ambiciosa, como o Lazlar Rake. — O Munchowzen começa a se distrair, brincando com a própria capa. — Ele se acha superior a todo o mundo. E os exilados são exatamente como ele. O Lazlar fez questão de que fosse assim.

O Munchowzen balança a cabeça, lamentando.

— Isso machuca o meu coração. Houve um tempo, meu garoto, em que eu e o Lazlar éramos amigos. Isso é passado agora.

— Onde o Lazlar Rake está hoje? E os exilados? Eu tenho tantas perguntas! — Mal consigo conter o entusiasmado.

No entanto, o diretor Munchowzen não responde. Ele apenas sorri.

— Precisamos nos apressar. Já está na hora da cerimônia.

— Acho que ele tá falando da gente — o Oggie sussurra, me cutucando.

Bem-vindos todos: alunos, familiares, professores. Hoje, vamos homenagear quatro alunos brilhantes e corajosos da nossa Escola de Aventureiros.

Quatro recrutas que foram obrigados a encarar dificuldades extremas e enfrentar grandes perigos, mas que, admiravelmente, superaram o desafio.

Além de sobreviver às privações da natureza selvagem da Floresta dos Fungos, eles salvaram a vida dos colegas e livraram o povo gogumelo de uma grande ameaça.

E eu não consigo deixar de sorrir. Vejo o Zeek e o Axel no meio da galera, revirando os olhos e fazendo caretas. Acho que não dá pra agradar todo mundo, né?

— Infelizmente, esse contratempo nos obrigou a adiar o Desafio Final do semestre pra toda a escola. Mas não consigo pensar em um teste mais difícil do que o que esses quatro alunos já superaram na Floresta dos Fungos. E, por esse motivo, hoje eu concedo a Oggram Twinkelbark, Mindisnarglfarfen Darkenheimer, Dazmina Delonia Dyn e Coop Cooperson a medalha de Aventureiro Mirim.

Tenho que admitir, por essa eu não esperava! Nós somos oficialmente Aventureiros Mirins! E nem precisamos encarar o Desafio Final.

O público comemora e nos aplaude. Bom, fora duas pessoas.

> Como é que é?! Eles Não vão ter que encarar o desafio? E eu? Eu ajudei a matar a fera!

> Fala sério! Não é justo!

— E tem mais — prossegue o diretor, silenciando o público com as mãos. — Além de demonstrar extrema bravura e habilidades impressionantes em uma situação real, eles também provaram respeito e comprometimento com o Código do Aventureiro, o código que rege todos nós, aventureiros. E por isso, por causa de um aluno, o nosso Coop Cooperson, decidimos acrescentar oficialmente mais um princípio ao Código do Aventureiro: sempre fazer o que é certo, mesmo quando as outras opções são mais fáceis.

— Caraca, ouviu isso, Coop? — o Oggie se surpreende.

Eu ouvi, e mal posso acreditar!

— Pois diante do perigo, Coop Cooperson e o Time Verde decidiram fazer o que é certo e ajudar quem precisava, apesar do imenso desafio que se colocava diante deles. E temos muito orgulho deles por isso. — O diretor olha pra nós com um sorrisão no rosto. — Portanto, é com imensa alegria que concedo a todos os membros do Time Verde a Medalha Shane Shandar de Dedicação ao Código do Aventureiro. Uma rara honraria concedida a pouquíssimos alunos da Escola de Aventureiros.

Nesse momento, o sorriso no meu rosto deve estar indo de orelha a orelha. O diretor Munchowzen prende as medalhas nas nossas faixas.

Todas as pessoas no auditório nos aplaudem, e nós nos curvamos em reverência. Quem diria que nós, os coitadinhos do Time Verde, alcançaríamos tamanho reconhecimento? Há poucos dias estávamos morrendo de medo por causa do nosso futuro na escola. Agora, porém, as coisas parecem mais promissoras.

Nós descemos do palco, e todos os nossos colegas vêm nos cumprimentar. (Bom, fora aqueles dois, é claro.) Eu procuro a minha família no auditório, mas tem tanta gente que não consigo vê-la.

Mas então duas figuras encapuzadas se aproximam de nós, com olhos vermelhos ameaçadores brilhando por baixo do capuz escuro. Eles têm um jeitão bem sinistro, tipo uns bruxos do mal ou coisa parecida. O meu primeiro instinto é cair fora dali e ir pro outro lado, mas, pra minha surpresa, a Mindy sai correndo toda feliz na direção deles, com os braços estendidos.

— Papai, mamãe, estes aqui são os meus amigos! — a Mindy diz, erguendo os óculos.

— Olá, crianças — cumprimenta o pai da Mindy, com uma voz rouca. — Todos os amigos da Mindy são nossos amigos também.

— Prazer em conhecê-los, senhor e senhora Darkenheimer. — Acho que os pais da Mindy são prova de que não se pode julgar ninguém pelas aparências.

Então eu ouço um vozeirão e logo penso que é o Oggie, porque parece a voz que ele faz quando imita o pai.

— Oggie! Oggie Twinkelbark! — Um bicho-papão com quase o dobro do tamanho do Oggie vem na nossa direção a passos largos. Ele é tão grande que faz o Oggie parecer do meu tamanho quando estou do lado dele. É óbvio que é o pai do Oggie, um sujeito com toda a pinta de bicho-papão guerreiro.

— Oi, pai — o Oggie diz, tímido. Sua atitude muda, e ele deixa de ser o Oggie animado que eu conheço e parece um pouco mais reservado.

O senhor Twinkelbark dá um tapão nas costas do meu amigo.

— Muito bem, rapaz! Excelente! Eu sabia que você teria jeito quando começasse a se esforçar! Vou dizer, fiquei feliz da vida quando soube que você deu uma lição bem ao estilo bicho-papão naquele Zarakna-sei-lá-o-quê brutamontes.

— Obrigado, pai. Mas eu não fiz nada sozinho. Quero que você conheça a Mindy, a Daz e o meu melhor amigo, Coop.

— Ah! — O senhor Twinkelbark me dá um tapinha camarada que me faz voar alguns metros à frente. — Que alegria conhecê-los!

— Igualmente, senhor! — eu respondo.

— Imagino que você deva ter parado de rabiscar aquelas bobagens nos seus cadernos, não? — o senhor Twinkelbark sussurra pro Oggie. — É melhor se concentrar no que os bichos-papões têm de melhor: erguer coisas e socar coisas! — Mas, nessa hora, ele nota as novas armas brilhantes do Oggie. — Onde conseguiu esse machado e esse escudo, filho? São de primeira!

— É... nós achamos o machado na nossa aventura, pai. E o escudo... bom, fui eu mesmo que pintei.

— Hein? — O senhor Twinkelbark ergue uma sobrancelha, incrédulo, examinando o escudo com as mãos.

Não consigo entender se ele tá bravo ou se é outra coisa que faz o queixo dele cair daquele jeito.

E então ele pergunta:

— Você mesmo pintou, foi?

— É... foi.

— Meu filho pintou este escudo! — ele grita, assustando o Oggie. Então ele se vira e fala para todos ouvirem: — Estão vendo isto? O meu filho que pintou! Que habilidade! Que talento!

> **Vamos, meu rapaz! Todo mundo precisa ver esta obra de arte!**
>
> **Um verdadeiro bicho-papão artesão.**
>
> **Tá bom, pai!**

— Ei, calma aí, Oggie!

— O que foi, Coop?

— Eu só queria saber... Você acha que vai continuar por aqui? Quero dizer, na escola? — Sinto as palavras entaladas na garganta. Não tenho certeza de qual vai ser a decisão do Oggie.

O Oggie olha pro pai e depois olha pra mim, sorrindo.

— Claro! Depois de tudo o que aconteceu, tenho certeza de que este é o meu lugar.

— Time Verde pra sempre?

— Time Verde pra sempre!

E então eu vejo todos os meus irmãos — Kip, Chip, Flip, Candy, Tandy, Randy, Kate, Kat, Kit, Hoop, Hilda, Mike, Mick e Mary — correndo na minha direção, rindo. A minha mãe está com o Donovan no colo e vem gritando:

— Lá está ele! Esse é o cara!

A minha mãe ajeita o meu cabelo, tira a franja do meu rosto e me dá um beijo molhado na bochecha.

— Olhe só pra você. O meu menino especial. Está virando um homenzinho!

O meu pai me olha com aquele mesmo olhar misterioso que ele fez quando eu contei que queria ser um aventureiro. E aí faz um gesto com a cabeça, e vejo seu olhar ficar mais tranquilo.

— Não é todo dia que um pai vê o filho virar um herói. Nós temos muito orgulho de você, Coop. — O meu pai bagunça o meu cabelo com a sua mãozona cheia de calos, desfazendo todo o trabalho que a minha mãe teve pra ajeitar.

— Estou muito orgulhoso.

Eu me viro pra apresentar os meus amigos, mas percebo que cada um foi pra um lado. E então vejo a Daz sozinha em um canto. Só ela e a Docinho.

— Por que a Dazmina tá sozinha ali?

— Sei lá, mãe. Acho que os pais dela não conseguiram vir pra cerimônia.

Quando eu vejo, a minha mãe tá acenando pra Daz como se a conhecesse fazia anos.

— Dazmina! Dazmina, vem cá, meu anjo!

Percebo que a Daz tá surpresa, mas ela vem até nós.

— O-oi, senhora Cooperson — ela cumprimenta, tímida.

— Daz, ouvimos falar tanto sobre você! — a minha mãe me entrega. — O Coop sempre te elogia nas cartas que escreve pra nós.

— Mãe! — eu resmungo, baixinho. Tento não ficar vermelho, mas já devo estar parecendo um pimentão.

— É a pura verdade! — A minha mãe se vira pra falar com a Daz. — Obrigada por ficar ao lado do nosso Coop. Sinto-me mais tranquila ao saber que ele tem amigos como você por perto.

— Imagina... Faço isso pelo Coop também. Eu faria qualquer coisa pelos meus amigos.

A minha mãe olha pra a Daz com piedade. Sei que o coração de mãe dela tá dizendo que a Daz não deveria estar sozinha neste momento.

> O que você acha de jantar com a gente?

> Ah... eu não quero atrapalhar.

> Besteira! Quanto mais gente, melhor!

Antes mesmo de a minha amiga aceitar, os meus irmãos a cercam e a enchem de perguntas. A Daz me olha surpresa e não consegue disfarçar o sorriso.

— Oi, Daz! Eu sou a Hilda!
— Você gosta do Coop?
— Posso fazer carinho na sua zoelha?
— Que cabelo bonito!
— Quantos anos você tem?

Não há nada mais que eu possa fazer por ela. É oficial: a família Cooperson a adotou.

— Certo, pessoal! — o meu pai eleva a voz. — Vamos comer *waffles* até não aguentar mais! — Ele reúne o grupo e nos leva até a porta, com os meus irmãos pulando de alegria. Quem não gosta de *waffles* quentinhos e crocantes com manteiga?

Porém, antes de me reunir com o grupo, eu paro pra ficar sozinho por um instante. Um minutinho só. Agora que a cerimônia acabou, sou o único parado no corredor. É tão incrível ter chegado até aqui, depois de tudo pelo que passei... Por tudo que nós passamos. Eu e os meus amigos, juntos.

O semestre pode ter chegado ao fim pra nós, mas tanta coisa ainda nos aguarda. Eu, o Oggie, a Daz e a Mindy. É claro, somos destrambelhados e nem sempre concordamos em tudo. Mas somos um time. O Time Verde! E agora a Escola de Aventureiros é a nossa casa. E mesmo se os exilados aparecerem de novo, estaremos prontos pra enfrentá-los.

Quer saber? Mal posso esperar pra ver o que vem pela frente.

Afinal de contas, na Escola de Aventureiros...

... AVENTURA é a nossa matéria preferida.

O CÓDIGO DO AVENTUREIRO

1. Descobrir novas formas de vida e civilizações perdidas.
2. Explorar lugares que não estão nos mapas.
3. ~~Desenterrar e preservar a nossa história coletiva.~~
4. Esperar o inesperado.
5. ~~Nunca se separar do grupo.~~
6. Sempre procurar armadilhas.
7. Todo problema tem uma solução.
8. Toda caverna tem uma porta secreta.
9. Cabeça fria sempre vence.
10. A sorte sorri para os fortes.
11. Sempre fazer o que é certo, mesmo quando as outras opções forem mais fáceis.

A ESCOLA DE AVENTUREIROS

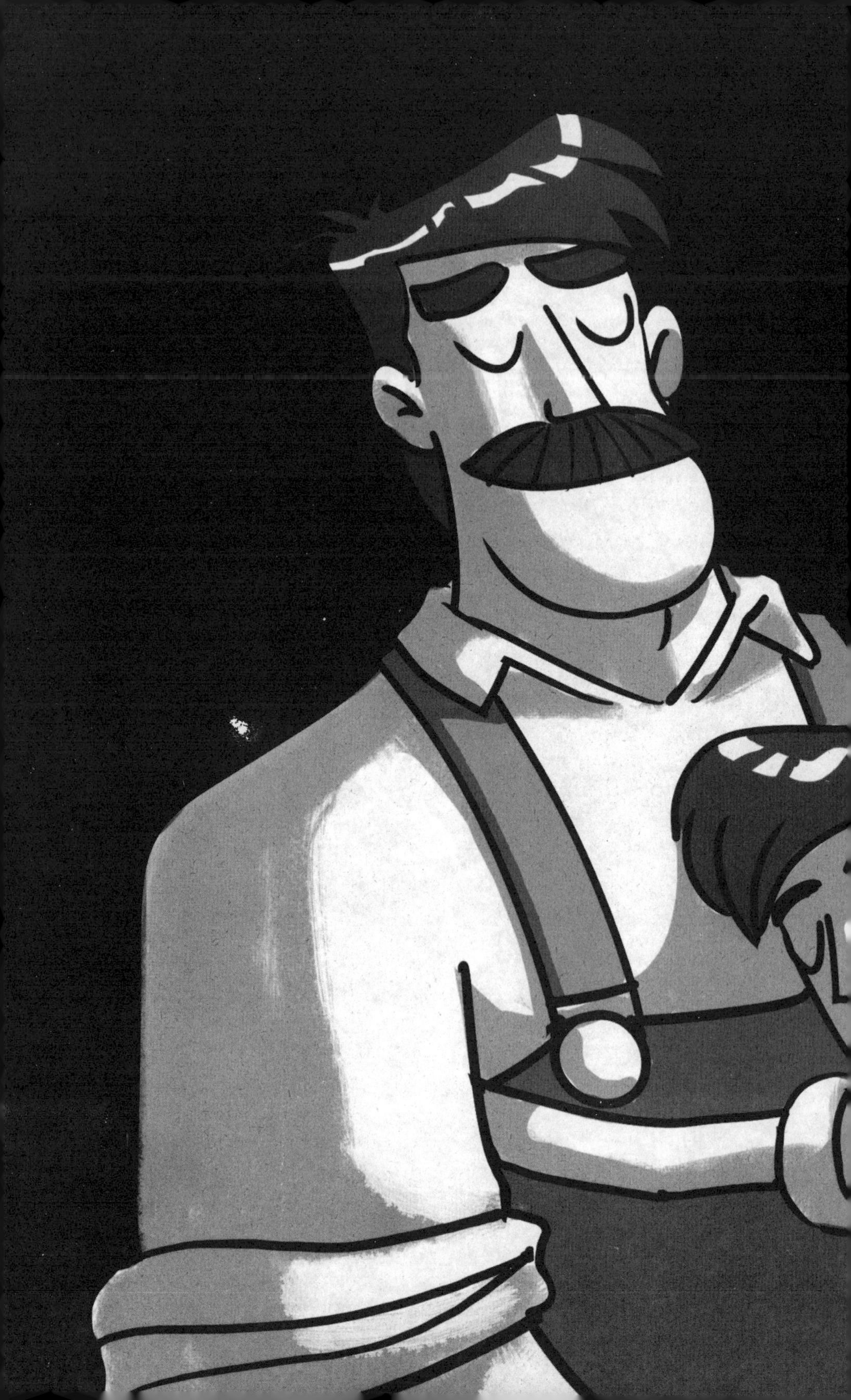

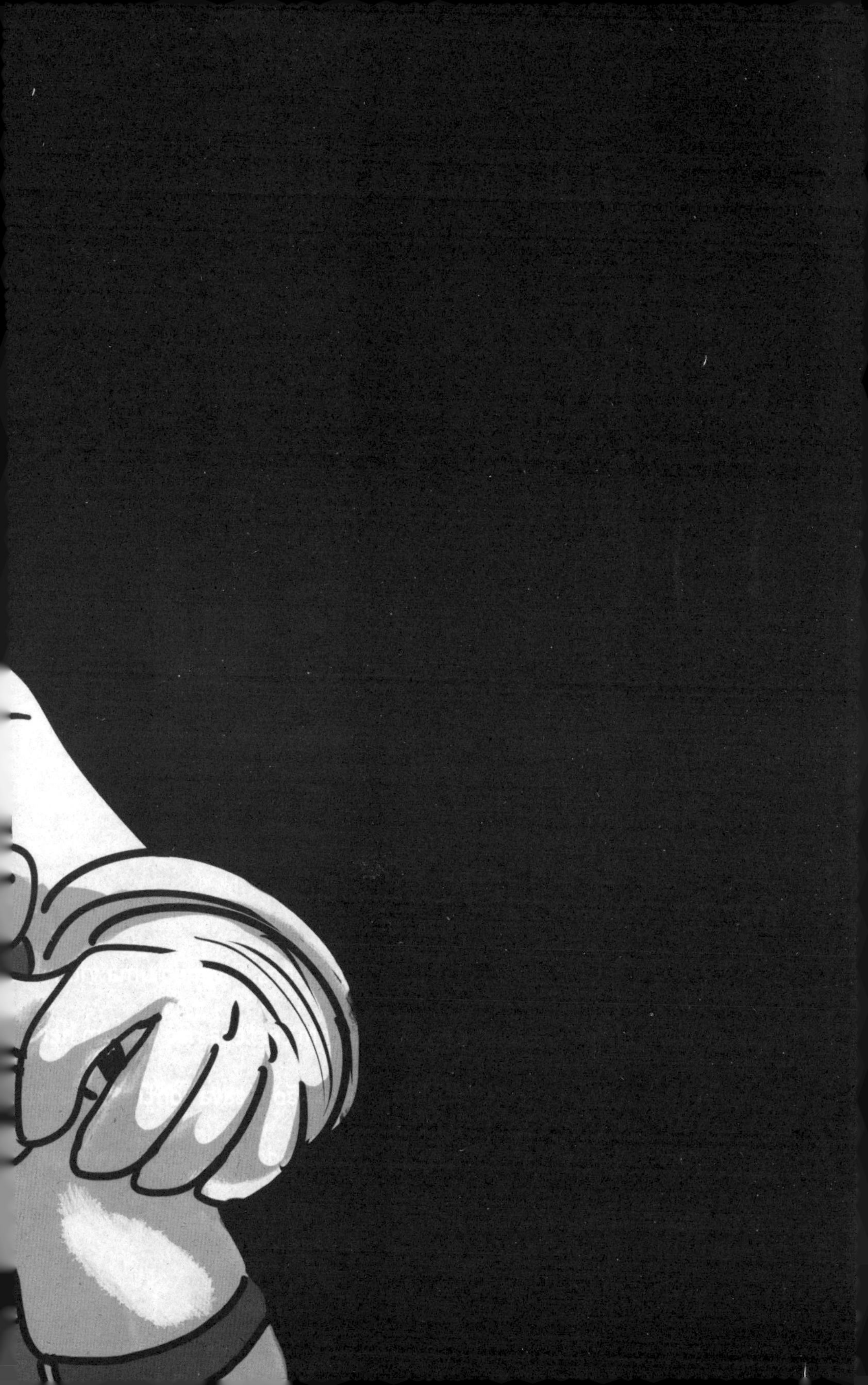

LEIA TAMBÉM

Eu era um Jack Sullivan normal: treze anos, vivendo uma vida comum numa cidade desinteressante. Eu com certeza não era um herói, com certeza não era durão e com certeza não lutava contra monstros gigantes. Mas olha pra mim agora. Enfrentando feras gigantes e zumbis assustadores. A vida é mesmo uma loucura!

LEIA TAMBÉM

Ser sugado para um videogame não é tão divertido quanto você pensa. Jesse e seu melhor amigo vão parar dentro do jogo mais irado do momento. Com perseguições, aventuras e muito humor, os amigos vão enfrentar grandes desafios até conseguirem sair das telas e retornar ao mundo real.

A Floresta que Já Era

Quedas Gotejantes

Praia de Escalavage

Terra Beira-Rio

Condado de Pardieiro

Banhadão

ASSINE NOSSA NEWSLETTER E RECEBA INFORMAÇÕES DE TODOS OS LANÇAMENTOS

www.faroeditorial.com.br

ESTA OBRA FOI IMPRESSA
EM ABRIL 2023